LITRADUKT

GARY VICTOR

Schweinezeiten

Ein Voodoo-Krimi

Aus dem Französischen
von Peter Trier

LITRADUKT

Bibliographische Information der Deutschen Bibliothek:
Die Deutsche Bibliothek verzeichnet diese Publikation
in der Deutschen Nationalbibliographie; detaillierte bibliographische Daten
sind im Internet unter *http://dnb.ddb.de* abrufbar.

2013
Ungekürzte Ausgabe
litradukt, Literatureditionen Manuela Zeilinger-Trier,
www.litradukt.de

Das französische Original erschien 2009 unter dem Titel
»Saison de porcs«,

Aus dem Französischen von Peter Trier
Lektorat: Regine Schmidt, info@schmidt-textservice.de
Umschlaggestaltung und Satz: Berliner Süden
Umschlagabbildung: Étienne Bienvenue
Herstellung: CPI Clausen und Bosse, Leck
Printed in Germany

ISBN: 978-3-940435-11-8

Begriffe, die mit einem Stern gekennzeichnet sind,
werden im Anmerkungsteil erklärt.

Und es wird fast alles mit Blut gereinigt nach dem Gesetz, und ohne Blutvergießen geschieht keine Vergebung.

Hebr. 9, 22

Die Sonne schüttete ihm ihre drückende Hitze wie Bleiperlen mitten auf den Schädel und zielte dabei genau auf die kahle Stelle. Er glaubte zu hören, wie ein Feuerregen über der verbrannten Savanne niederging. Die Schwefeldämpfe zogen den Saft aus der Vegetation, die wie verkohlt wirkte. Seine dunklen Brillengläser schützten ihn kaum vor der Strahlung. Er hatte Lust auf einen Schluck *tranpe**, um den Durst zu lindern, der ihn umklammert hielt wie in einem Schraubstock. Die Flasche, die er aus der Tasche zog, war leer. Er musste einer Halluzination aufgesessen sein, er konnte unmöglich schon so viel getrunken haben. Es sei denn, er hatte jedes Zeitgefühl verloren, seit er seinen betagten Nissan, der nun das ehrwürdige Alter von 27 Jahren erreichte, am Rand der Landstraße geparkt hatte. Er warf die Flasche gegen einen Felsen; sie zerbrach, ohne dass das Klirren zu ihm drang.

»Ist es noch weit?«, fragte er die Frau, die vor ihm ging.

»Es ist ganz nah«, antwortete sie.

Er wunderte sich über ihre Fähigkeit, sich an diesem verlassenen Ort ohne sichtbare Orientierungspunkte zurechtzufinden. Die Sonnenkörner fielen weiter hageldicht auf seinen Schädel. Er bekam nur schwer Luft, atmete wie ein Asthmatiker, was ihm noch nie passiert war. Das lag nicht am Alter oder an der Müdigkeit, es war dieser Ort, der sich dem Leben verweigerte. Gelegentlich stieg ihm der Geruch der Massengräber in die Nase, die von ausgehungerten Schweinen und Hunden freigelegt wurden. Er bat Gott, er möge sie schnell ankommen lassen, lange würde er nicht mehr durchhalten. In dieser Hitze konnte man ohnmächtig werden. Das hier war eine Abkürzung zur Hölle. Der unpassendste Ort zum Sterben, dachte er.

»Wir sind da«, verkündete sie.

Er erblickte die Hütte von fern im Hitzenebel und in den Schwefelausdünstungen. Sie stand inmitten von einer Art Geschwür aus Schlamm. Drei schmutzige, zerrissene Fahnen mit ausgewaschenen Farben, wie verkohlt von den Angriffen der Sonne, waren am Dach befestigt. Das Haus schien ein Feuer überstanden zu haben. Er wunderte sich, dass es bei dieser Hitze, die auf das Stroh und das

Holz hinunterbrannte, nicht in Flammen aufging. Die Leute, die hier wohnten, mussten Mutanten sein, eine neue Art, die an die Lebensbedingungen an diesem Ort angepasst war. »Wir sind alle Mutanten«, dachte er. »Wären wir Menschen, dann hätten wir dieses Leben nicht akzeptiert.« Sie legten die letzten Meter auf einem zweifelhaften Pfad zwischen Schlammpfützen zurück, die die Gluthitze ausgetrocknet hatte. Wenn es regnete, dann trat das Wasser an die Stelle des Feuers und verwandelte den Ort in einen üblen Brei, in dem sich die Verdammten dieses Inselviertels tummelten.

»Bist du sicher, dass du dich nicht irrst?«

»Es ist hier«, beharrte sie.

Ihr Gesicht war verschlossen. In ihren Augen leuchtete jene Energie, die der Umgang mit der Verzweiflung verleiht. Sie klopfte an die Tür. Er hätte gern eine andere Flasche *tranpe* gehabt. Es war der Alkohol, der ihn in diesem Land am Leben hielt. Wie lange würde er diese Hitze aushalten? Die Sonnentropfen fielen wie Hammerschläge auf seinen Schädel. Er kam sich vor wie ein Nagel, den eine unsichtbare Hand in den Boden zu schlagen versuchte.

»Was willst du?«, fragte eine gehässige Stimme hinter der Tür.

»Ich bin wegen dem Kind zurückgekommen. Dem kleinen Mädchen.«

»Hast du das Geld mitgebracht?«

»Ich will mit Marasa sprechen«, sagte sie.

»Wer ist bei dir?«

»Mein Bruder«, log die junge Frau.

Man hörte, wie innen eine kurze Beratung abgehalten wurde, dann ging die Tür auf.

»Kommt rein«, sagte die Stimme.

Die junge Frau betrat die Hütte, ihr Begleiter folgte ihr. Es war so dunkel, dass die Neuankömmlinge den Hausherrn nur schwer ausmachen konnten. Der Mann nahm seine dunkle Brille ab, aber das Licht draußen war für die Sonnenfilter der Gläser zu stark gewesen. Er brauchte eine Weile, bis seine Augen sich an das Halbdunkel gewöhnt hatten. Der, der sie hereingeführt hatte, zeigte auf einen Mann, der ganz hinten im Raum saß. Dieser stand auf und kam auf sie zu. Er war mager wie eine Leiche, sicher von der Sonne mumifiziert. Seine Haut war wie Holzkohle. Das kalkige Weiß seiner Augen legte eine beunruhigende Aura um sein Gesicht.

»Papa Marasa, ich bin zurückgekommen wie vereinbart«, sagte sie, indem sie sich zum Zeichen der Unterwerfung auf ein Knie niederließ.

»Hast du die 15 000 Gourde*?«, fragte Papa Marasa.

Der Begleiter der jungen Frau bereute, dass er unmäßig *tranpe* getrunken hatte. Die Hitze vertrug sich nie gut mit dem Alkohol. In diesem Zustand nahe an der Trunkenheit ließ seine Sehkraft um eine Stufe nach. Aber woher hätte er wissen sollen, dass seine Augen trotz der Brille einem solchen Lichtansturm ausgesetzt sein und anschließend in dieses dunkle Universum eintauchen würden?

»Ich will das Kind wieder mitnehmen«, flehte sie.

»Sie wird sterben«, warnte Marasa trocken. »Sie hat ihre Seele nicht mehr. Du kannst die Seele nur zurückkaufen.«

»Jedenfalls muss sie bezahlen«, sagte mit quiekender Stimme jemand, den die Neuankömmlinge nicht bemerkt hatten. »Das Mädchen war acht Tage hier. Jetzt kostet es das Doppelte!«

»Eine Frau!«, wunderte sich der Mann, dessen Augen sich langsam an das Halbdunkel gewöhnten. Das einzige Zimmer war kreisförmig und etwa dreißig Quadratmeter groß; es war um einen Pfeiler herum gebaut, in den Gesichter und Symbole geschnitzt waren. Im Hintergrund standen große Tontöpfe. Ein Hocker, dessen Füße mit Tüchern umwickelt waren, thronte in der Mitte des Raumes. Eine Bank. Ein Hochbett, zum Teil verdeckt von einer schmutzigen, überall von Insekten durchlöcherten Stoffbahn. Die Frau kam mit bösartigem Blick hinter dem Vorhang hervor und setzte sich rittlings auf die Bank. Bestimmt die gefährlichste Gestalt hier.

»Ich habe das Geld nicht«, jammerte die Mutter. »Bitte, lassen Sie mich mit meiner Tochter gehen.«

»Wenn du für das Kind nicht zahlen kannst, dann verschwinde!«, schrie Marasa. »Du verschwendest unsere Zeit. Und wir haben gedacht, du bist seriös. Hau ab!«

In diesem Moment war eine Kinderstimme zu hören:

»Mama ... lass mich nicht hier ... Ich habe Schmerzen.«

Die Mutter schob Marasa beiseite und stürzte zu der Stelle, an der die Stimme hinter dem Vorhang hervordrang. Sie zog ihn beiseite. Der Mann folgte ihr. Der Anblick des Mädchens, das er hübsch, pausbäckig und voll Leben gekannt hatte und das nun zum Skelett abgemagert und in mehrere schmutzige, verwaschene T-Shirts eingemummt in diesem Bett lag, traf ihn wie ein Schlag. Er war so angewidert, dass ein plötzlicher Brechreiz ihm den Magen zusammenzog.

»Doris!«, rief die Mutter, indem sie ihr Kind in die Arme schloss. »Wir heilen dich, ich verspreche es dir, wir heilen dich.«

»Sie will das Kind mitnehmen«, sagte der Mann mit vor unterdrücktem Zorn vibrierender Stimme.

»Das macht 30 000 Gourde. Aber sie wird sterben«, warnte Marasa erneut. »Wenn sie leben soll, dann zahlt die geforderte Summe. Sie ist verkauft. Verhandlungen um eine Seele sind keine einfache Sache.«

»Wir nehmen sie mit«, antwortete der Mann heftig, »und wir zahlen nichts.«

»Was glaubt ihr, wer ihr seid?«, blaffte die Frau mit dem bösartigen Blick.

Der Mann sah das Aufblitzen der Machete in der Hand des Gehilfen, der ihnen die Tür geöffnet und seitdem nichts gesagt hatte. Der erste Schuss ließ die Hütte erbeben. Die Wucht des Projektils schleuderte den Mann mit der Machete gegen die Wand aus Lehm und Stroh. Die Frau stand keifend auf. Das zweite Geschoss riss ihr einen Teil des Schädels weg. Marasa sperrte die Augen auf, sein weit geöffneter Mund ließ eine fast schwarze Zunge sehen.

»Nehmt sie mit«, sagte er eilig in einer Art Kläffen, das an einen Schluckauf erinnerte.

Die Kugel traf ihn in den Mund. Marasa schlug wie ein Ertrinkender um sich, während er zusammenbrach.

»Bist du verrückt?«, schrie die Mutter, die plötzlich aus ihrer Betäubung erwachte. »Bist du verrückt?«

Links neben ihm war im Dunkeln das Klirren eines zerbrechenden Gefäßes zu hören. Die zwei Flügel eines Fensters flogen mit einem Knall auf. Ein Wesen, halb Spinne, halb Mensch, sprang mit einer solchen Behändigkeit und Schnelligkeit nach draußen, dass er nicht sofort reagieren konnte. Er stürzte zum Fenster und sah das Ding im Zickzack auf ein etwa hundert Meter entferntes Kaktuswäldchen zurennen. Er feuerte, war aber nicht sicher, getroffen zu haben. Er fand seine Reflexe als Eliteschütze nicht wieder. Die Kreatur verschwand in dem Wäldchen. Er kehrte zu der jungen Frau zurück, die mit den Händen auf dem Kopf stöhnend dastand und alle Heiligen des katholischen Kalenders um Beistand anrief.

»Nimm deine Tochter«, befahl er mit ausdrucksloser Stimme und steckte die rauchende Zweiundzwanziger Automatik wieder an den Gürtel.

Die Stimme ihres Begleiters riss sie aus ihrer Trance. Sie berührte den Körper des Kindes, es glühte vor Fieber.

»Sie wird sterben«, schrie sie hysterisch. »Wenn ich gewusst hätte, dass du vorhattest, sie umzubringen, hätte ich dich nicht mitgenommen. Dann hätte ich mich nicht an dich gewandt. Nur weil du deine Tochter Mireya den Weißen gegeben hast, musst du mir nicht meine nehmen.«

»Hör auf, Unsinn zu reden«, sagte er ärgerlich. »Deine Tochter wird leben.«

»Ich hoffe es für dich, sonst wirst du für ihren Tod büßen.«

»Hör auf mit dem Geschwätz. Wir sind hier in Gefahr.«

Sie hob das Mädchen hoch und legte es sich auf die Schultern. Sie verließen die Hütte. Im Umkreis war niemand zu sehen. Die Hütte hatte den Lärm der Detonationen verschluckt. Der Feuerregen ging weiter auf die Savanne nieder. Er setzte die dunkle Brille wieder auf. Er spürte, wie ihnen aus dem Wäldchen der hasserfüllte Blick der Kreatur folgte, die sich dort verkrochen hatte.

»Was war das für ein Ding, das da aus dem Fenster gesprungen ist?«, fragte sie mit zitternder Stimme.

»Ich weiß es nicht. Aber hab keine Angst. Es traut sich nicht an uns heran.«

»Du hast mich belogen, Dieuswalwe«, sagte sie, während sie unter Tränen zusammenbrach. »Du hattest das Geld nicht ... Stimmt's?«

Er ignorierte die Frage.

»Du kannst das Kind bei dieser Hitze nicht tragen. Gib sie mir.«

»Nein ... Das ist meine Tochter, ich trage sie. Bei der heiligen Jungfrau Maria, warum hast du das getan, Dieuswalwe Azémar? Warum? Du bist nicht mehr du selbst, seit du deine Tochter weggegeben hast.«

Er antwortete nicht. Sie hätte ihn nicht verstanden, wenn er ihr gesagt hätte, dass er einen Brechreiz gehabt hatte. Er war niemals fähig gewesen zu erbrechen. Nach der Unterzeichnung der Urkunde, mit der er das Leben Mireyas rechtsgültig der Kirche vom Blut der Apostel anvertraute, hatte er geglaubt, dass er sich endlich übergeben würde. Tagelang hatte er vergeblich gehofft, endlich diese Übelkeit loszuwerden. Es war physisch unmöglich. Heute hatte er die Leute in der Hütte nicht ertragen können. Diese Hütte war das Land im Kleinformat. Und er hatte geschossen. Das war eine Art, sich zu übergeben.

»Immer diese verdammte Sonne!«, schimpfte Dieuswalwe Azémar, während er sich mit dem Handrücken klebrigen Schweiß von der Stirn wischte. Noch nie hatte er einen so heißen Juni erlebt. Madame Baptiste, die *tranpe*-Händlerin an der Ecke, schlug ihm im Scherz vor, Eiswürfel in seinen Schnaps zu geben. Er sah sie an, wie ein haitianischer Chef* einen Zivilisten ansieht, der eine unvorsichtige Bemerkung gemacht hat, dann trank er sein Glas in einem Zug leer. Der *assorosi** war köstlich, so bitter, wie man ihn sich wünschte, aber die Hitze verdarb alles. Der Inspektor stellte den Fuß auf den Asphalt vor der Bank, auf der er saß. Sein Schuh versank in der schwarzen, gallertartigen Masse. Er befreite ihn mühsam. Dunst waberte über der Straße. Das war vielleicht die Energie der Lebewesen, die die Sonne auf diese Weise ansaugte. Die Leute sahen tatsächlich wie Zombies aus, bemerkte Azémar. Er musterte die Gesichter der Fahrgäste eines Busses, der plötzlich vor ihm stehengeblieben war und ihn dem lauten Schwall eines kreolischen Raps aussetzte. Sie wirkten müde und verstört zugleich. Leute, die nur lebten, weil sie dazu gezwungen waren. Leute, die wussten, dass Leben und Tod hier auf demselben Bürgersteig nebeneinander hergingen.

Madame Baptiste fragte, ob er noch ein Glas wollte. Der Inspektor lehnte ab. Eine Frau bot ihm Traktate der Zeugen Jehovas an. Er schob die Zeitschriften mit einer zornigen Bewegung beiseite, erhob sich unter den beleidigten Blicken der Frau und ging mit unsicherem Schritt auf sein Auto zu, das er nicht weit von der Statue des unbekannten *marron** geparkt hatte. Auf einem Müllhaufen erblickte er zwei Schweine. Wie lange schon wunderte es niemanden mehr, dass mitten in der Hauptstadt Schweine herumliefen?, fragte er sich. Das war das Tragische heutzutage: Man wunderte sich über gar nichts mehr. Geschah eine Katastrophe, die die Menschen eigentlich an ihre erbärmliche Dummheit erinnern sollte, dann machten sie einen Jahrmarkt daraus und bevölkerten ihn mit allen Schrullen ihrer zerlumpten Vorstellungswelt.

Am Steuer seines Autos fiel dem Inspektor ein, dass er nicht allzu vorzeigbar aussah, obwohl er seine Tochter im Pensionat abholen wollte.

Er hatte mehr als gewöhnlich getrunken. Es würde ihm schwerfallen, die Alkoholfahne vor der Direktorin zu verbergen, die aus ihrer Verachtung und ihrer Abneigung ihm gegenüber nie einen Hehl gemacht hatte. Normalerweise hatte er sich unter Kontrolle, wenn er Mireya treffen sollte. Er wollte vor allem nicht, dass seine Tochter ihn in diesem erbärmlichen Zustand sah. Aber diesmal würde er zum letzten Mal mit ihr zusammenkommen. In genau drei Tagen sollte Mireya zu einer Pflegefamilie ins Ausland abreisen.

Heute war er wütend. Auf sich selbst, auf dieses Land, auf die ganze Welt. Eigentlich empfand er eher Ohnmacht als Wut. Eine erschreckende Ohnmacht, die seine Nichtexistenz in diesem Land schlagartig bloßlegte. Ein weiteres Mal wurde ihm klar, dass er nur Hirngespinste umwälzte. Seine Tragik war, dass er nicht anders konnte, als sie umzuwälzen. Er kam dagegen nicht an. Wäre es nur nach ihm gegangen, hätte er sich wie die meisten seiner Kollegen auf eine fette Schutzgelderpressung oder eine andere illegale Tätigkeit verlegt. Davon gab es genug in diesem Land, das die internationalen Organisationen in ihren Korruptionsberichten regelmäßig mit Vergnügen an den Pranger stellten. »Dieuswalwe«, dachte er mit einem Seufzer, »was hättest du verloren, wenn du es so wie die anderen gemacht und dich im Dreck gesuhlt hättest? Deine Seele? Aber wozu braucht man in diesem gottverdammten Land eine Seele? Schließlich haben sie doch alle ihre Seele verkauft. Für einen Moment des kurzlebigen Glücks, bis die Berge auf ihre Villen und ihre Kitschpaläste fallen. Du glaubst, knapp vor der reinigenden Sintflut zwischen der Sonne und dem Nichts, zwischen Feuer und Felsen, zwischen Träumen und Unrat hindurchzusteuern, und träumst unentwegt davon, eines Tages die Kleider des Tieres anzulegen. Überschreite die Grenze, und so wie ihnen wird auch dir das Leid unbekannt sein.« Aber er war nicht fähig dazu, das machte ihn wütend. Manchmal wachte er nachts auf und stellte seine Mutter und seinen Vater zur Rede, die schon lange verstorben waren. Sie waren schuld an seiner elenden Lage. Sie hatten irgendwo in sein Bewusstsein jene Werte eingeschrieben, die veraltet waren, seit die spanischen Menschenausrotter, die Freibeuter und der Bodensatz der damaligen französischen Gesellschaft begonnen hatten, dieses Land mit einem *madichon** zu belegen.

Zur Trauer über die unmittelbar bevorstehende Trennung von Mireya kam ein weiterer Schmerz. Auf den Tag genau vor zwei Jahren war Wachtmeister Colin, auch an einem Samstagmorgen, zu ihm gekommen und hatte ihm einen Keulenschlag versetzt, von dem der Inspektor sich noch immer nicht erholt hatte. Zumal er an diesem Morgen große Mühe hatte, sich nicht ständig Vorwürfe zu machen, weil ihm bei seinem Ausflug zu dem *bòkò** in diesem verlorenen Nest bei den Stinkenden Quellen* die Sicherungen durchgebrannt waren.

Zwei Jahre lang war der junge Polizist Balsam für die Seele des Inspektors gewesen. Dieuswalwe Azémar schätzte seine Ehrlichkeit, sein Bestreben, stets gute Arbeit zu leisten, und seine gute Erziehung, die auch er seinen Eltern, glühenden Siebenten-Tags-Adventisten, verdankte. Colin trank nicht. Ein einziges Mal hatte Dieuswalwe Azémar gesehen, wie er sich mit ein wenig *tranpe* die Lippen befeuchtete. Das war auf dem Höhepunkt der Jagd nach dem wahnsinnigen Killer, der seinen Opfern Nägel durch die Hände trieb, nachdem er sie hingerichtet hatte. Sein bisher anstrengendster Fall. Er hatte entdeckt, dass der Mörder sein Lieblingsschriftsteller war. Seitdem versuchte er, die Geschichte zu vergessen. Komischerweise war das Vergessen auch Thema des Romans, der den Schriftsteller wahrscheinlich in den Wahnsinn getrieben hatte.*

Colin aß kein Schweinefleisch, das Lieblingsgericht von Inspektor Azémar, der seinen jungen Untergebenen gern schockierte, indem er sich jeden Tag eine üppige Portion *griyo* mit frittierten Bananen ins Büro bringen ließ. Einmal war der junge Colin explodiert: »Das ist keine Frage der Religion, Herr Inspektor«, hatte er gesagt. »Es geht um Ihre Gesundheit. Dieses Fleisch ist mit viel zu viel Öl zubereitet, noch dazu mit so schlechtem. Das kann Ihnen unheilbare Schäden zufügen.«

Der Inspektor schätzte Colin umso mehr, als er in ihm den Sohn sah, den er gern gehabt hätte. Er fragte sich indessen oft, ob er diesen Sohn nach den Grundsätzen erzogen hätte, die sein Vater und seine Mutter ihm eingepflanzt hatten, jenen Grundsätzen, die ihn zu dem Versager gemacht hatten, über den seine Kollegen hinter seinem Rücken spotteten. Diese Frage machte ihm Angst. Wahrscheinlich war das der Grund, warum er sich nie hatte entschließen können, ein Kind zu zeugen. Mit Mireya war es etwas anderes, dieses Kind hatte ihm das Schicksal geschenkt. Eine Gabe, der er nicht gewachsen war, wie er sich vorwarf.

Als Inspektor Dieuswalwe Azémar an jenem zweiten Samstag im Juni ins Büro gekommen war, hatte er dort Wachtmeister Colin vorgefunden. Normalerweise versäumte der nie den Gottesdienst am Samstagmorgen.

Er hatte keinen der nahezu perfekt geschnittenen Anzüge an, die er gern trug, wenn er mit seiner Frau zur Kirche ging, sondern nur Jeans und ein weißes Hemd. Er wirkte nervös.

»Könnte ich Sie sprechen, Herr Inspektor?«

»Wenn Sie nicht in der Messe waren, dann schließe ich daraus, dass Sie mir etwas sehr Wichtiges zu sagen haben, Wachtmeister Colin.«

»Samstags bin ich sicher, dass der Allmächtige mich unterstützt, Herr Inspektor. Ich zögere schon seit einer Woche, aber meine Frau hat darauf bestanden.«

»Ihre Frau?«, wunderte sich Dieuswalwe Azémar.

Er schloss sein Büro auf und bat den Wachtmeister, einzutreten und Platz zu nehmen. Er widerstand der Versuchung, die Flasche *tranpe* unter dem Schreibtisch hervorzuholen. Der junge Mann schien sich wirklich nicht wohl in seiner Haut zu fühlen, und er wollte ihm seine Aufgabe erleichtern.

»Sagen Sie mir, wo Sie der Schuh drückt, Wachtmeister Colin.«

Dem Wachtmeister brach der Schweiß aus.

»Inspektor Azémar, Sie wissen, wie sehr ich Sie achte. Ich habe so viel von Ihnen gelernt.«

»Dieser Einstieg verheißt nichts Gutes«, dachte Azémar, spöttisch, obwohl er nicht dazu aufgelegt war.

»Ich arbeite nun schon über ein Jahr mit Ihnen. Nach dem Abschluss der Polizeischule hätte ich keinen anderen Posten finden können, auf dem ich ...«

Er suchte nach dem richtigen Wort.

»... in beruflicher Hinsicht so viel profitiert hätte.«

»Aber ...«

»Meine Frau, Herr Inspektor«, fuhr Wachtmeister Colin entschlossen fort. »In drei Monaten bekommen wir ein Kind. Sie möchte, dass ich mir einen besseren Posten suche.«

»Ich verstehe nicht«, erwiderte der Inspektor und warf sich dabei vor, sich dumm zu stellen. »Egal auf welcher Stelle Sie nun sind, beim Gehalt macht das kaum einen Unterschied.«

Wachtmeister Colin wagte nicht, seinem Vorgesetzten in die Augen zu blicken.

»Ein Onkel von meiner Frau ist bei der Regierung. Dank ihm werde ich in ein anderes Kommissariat versetzt. Ich komme zum persönlichen Sicherheitsdienst eines wichtigen Politikers.«

»Ich verstehe ... Irgendwohin, wo Sie so werden können wie die anderen. Wachtmeister Colin, sind Sie sicher, dass Sie das Richtige tun?«

Wachtmeister Colin stand auf.

»Ich muss die Zukunft meiner Familie absichern, Inspektor Azémar. Vergeben Sie mir. Sie sollen wissen, dass ich die größte Hochachtung vor Ihnen habe.«

»Sie haben immerhin Grundsätze, Wachtmeister Colin«, wandte Inspektor Azémar mit ein wenig Bitterkeit ein.

Colin gelang es endlich, seinem Vorgesetzten direkt in die Augen zu schauen.

»Um die Wahrheit zu sagen, ich möchte nicht so enden ... Herr Inspektor.«

Ohne auf eine Antwort seines Vorgesetzten zu warten, hatte er kehrtgemacht und das Zimmer fluchtartig verlassen. Der Inspektor hatte ihn nicht wiedergesehen. Er wusste nur, dass Colin zweimal befördert worden war. Wie er gehört hatte, lief es für seinen früheren Mitarbeiter gut: ein neues Auto und ein im Bau befindliches Haus in einem bei den Neureichen beliebten Stadtteil. Wachtmeister Colin besuchte weiterhin eifrig die Kirche der Siebenten-Tags-Adventisten und spendete nun mehr als großzügig bei der Kollekte. Mehr hatte der Inspektor nicht wissen wollen.

* * *

Sein alter Nissan blieb nach kaum einem Kilometer stehen. Zornig rief der Inspektor mit seinem Handy den Mechaniker an und befahl ihm, ein Taxi zu nehmen und zu ihm zu kommen. Es dauerte eine Stunde, bis Willio ankam; der Inspektor musste sich in Geduld fassen. Willio war fünfundsiebzig Jahre alt, wirkte aber wie gerade einmal fünfzig. Er besaß eine Werkstatt und einen Ersatzteilhandel im Stadtteil Les Rails, in dem es zahlreiche Freiluftwerkstätten gab. Es war Willio, der das Auto des Inspektors am Leben hielt, denn es waren keine Ersatzteile für dieses Modell mehr zu bekommen. Die technischen Zauberkunststücke des betagten Mannes machten ihn zu einem der gefragtesten Mechaniker für alte Fahrzeuge. Er machte dem Inspektor immer einen guten Preis, der von diesem dennoch unweigerlich angefochten wurde. Der Mechaniker protestierte nicht. Dieuswalwe Azémar war immerhin ein Chef. Außerdem teilte Willio mit dem Inspektor die Leidenschaft für *tranpe*.

»Das wird dauern«, verkündete er, nachdem er den Wagen rasch untersucht hatte. »Die Benzinpumpe ist hinüber.«

»Scheiße!«, fluchte der Inspektor und wischte sich den Schweiß von der Stirn.

Er sagte sich, dass er den Alkohol recyceln könnte, den er seit dem Morgen getrunken hatte, wenn er seinen Schweiß ableckte. Er schimpfte auf Wachtmeister Colin. Er schimpfte auf seine Freundin, die gekommen war, um ihn um Hilfe zu bitten, weil ihr Kind bei einem *bòkò* behandelt wurde. Er schimpfte auf seinen Vater und seine Mutter. Er hätte schon längst den Mut aufbringen sollen, es wie Wachtmeister Colin zu machen. Dieses Land würde immer in der Scheiße stecken, warum sollte er sich also an all diese idiotischen Grundsätze klammern?

»Im Moment kann ich nichts tun; ich kann das Teil nur ausbauen und zur Reparatur in die Werkstatt mitnehmen.«

»Ich muss meine Tochter im Pensionat abholen«, jammerte der Polizist. »In drei Tagen verlässt sie das Land. Heute sehe ich sie vielleicht zum letzten Mal.«

»Gib mir den Schlüssel und nimm ein Taxi«, schlug Willio vor. »Sobald es fertig ist, rufe ich dich an. Es kostet 500 Gourde.«

»500 Gourde?«, protestierte der Inspektor. »Wo soll ich die hernehmen?«

»Dann zahl mir wenigstens das Taxi«, sagte Willio mit einem Seufzer.

Inspektor Azémar reichte dem Mechaniker einen 50-Gourde-Schein.

»Also, hol deine Tochter ab, Inspektor«, sagte Willio.

Der Mechaniker hatte das Wort »Inspektor« mit kaum verhüllter Herablassung ausgesprochen. Dieuswalwe Azémar ging auf die subtile Unverschämtheit nicht ein. Er hielt ein Taxi an und nannte dem Fahrer die Adresse. Im Wagen saßen bereits drei Personen, zwei Frauen und ein Mann. Sie waren gut gekleidet, die Frauen trugen Hüte. Er bemerkte, dass sie eine Bibel in der Hand hatten. »Ich hab wieder mal ein Glück«, dachte der Inspektor angewidert, »Siebenten-Tags-Adventisten!« Er wollte auf keinen Fall an Wachtmeister Colin denken! Der Fahrer schaltete das Radio ein. Es wurde die Ermordung eines in der Gegend der Stinkenden Quellen sehr bekannten *bòkò* namens Marasa gemeldet. Zwei seiner Mitarbeiter, ein Mann und eine Frau, waren ebenfalls erschossen worden. Die Polizei war vor Ort, sie versprach wie üblich, den oder die Mörder zu fassen.

»Matthäus 26, Vers 52!«, verkündete einer der Fahrgäste sentenziös. »Wer zum Schwert greift, wird durch das Schwert umkommen.«

»Marasa war nicht irgendwer«, bemerkte der Taxifahrer. »Ich habe einmal zwei Männer zu ihm gefahren. Er sollte ihnen die Gewinnzahlen der Lotterie geben. Jede Menge wichtige Leute haben ihn konsultiert. In seinem Fall wird die Polizei sich anstrengen, das können Sie mir glauben.«

Er räusperte sich.

»Glauben Sie mir, das war nicht irgendwer.«

»Wer zum Schwert greift, wird durch das Schwert umkommen«, wiederholte derselbe Fahrgast. »Matthäus 26, Vers 52.«

»Amen!«, sagte Dieuswalwe Azémar.

Die beiden Frauen rümpften die Nase und sahen ihn angeekelt an. Der Inspektor stank nach Alkohol, und wer nach Alkohol stank, durfte das Wort Gottes nicht zitieren. Das Taxi durchquerte die Gluthitze und das frenetische Gewimmel eines Marktes und fuhr im Zickzack eine rissige Straße herunter, bevor es vor dem großen, weißen Bau hielt, der das Pensionat der Schwestern der Kirche vom Blut der Apostel beherbergte. Der Inspektor zahlte und stieg aus. Er sah zu, wie das Auto wegfuhr, dann richtete er seine Hose und prüfte, ob sein Hemd richtig saß. Er kämmte sich und dankte Gott, dass die beginnende Glatze in den letzten Monaten nicht größer geworden war. Er konnte sich nur schwer vorstellen, sich den Kopf zu rasieren, wie es zurzeit Mode war.

Vorsichtshalber kaufte er gegen die Alkoholfahne bei einer Süßigkeitenhändlerin Pfefferminzbonbons, die er zerbiss und sorgsam kaute. Er klingelte am Tor. Der Wächter kannte ihn und ließ ihn sofort ein. Mit unsicherem Schritt begab sich der Inspektor zum Büro der Schwester Direktorin. Sein Herz schlug ein wenig schneller. Er fürchtete immer die Begegnungen mit dieser Frau, die ihre jungen Zöglinge beschützte, als wären es ihre eigenen Töchter. Eine Schwester kam und bat den Inspektor, einen Augenblick zu warten, denn Sister Marie-Josée – so wurde die Leiterin des Pensionats genannt – sei noch in einer Gebetsversammlung, die gerade zu Ende gehe.

Dieuswalwe Azémar setzte sich. In dem Zimmer standen drei Sessel um einen Hocker, auf dem ein makellos weißes Tuch lag. Die gegenüberliegende Wand war weiß gestrichen, darauf war mit Schönschrift in blauer Tinte geschrieben: »Das ist das Blut des Bundes, den Gott euch geboten hat.« Zu seiner Linken eine andere Inschrift: »Und es wird fast alles mit Blut gereinigt nach dem Gesetz, und ohne Blutvergießen geschieht keine Vergebung.« Der Inspektor fühlte ein unbestimmtes Unbehagen, als er diese Sätze in Blau an der weißen Wand las. Es war nicht normal, dachte er sich, dass er nichts über die Lehre dieser Kirche wusste. Er wusste nicht warum, aber er scheute sich, den Ausdruck »Sekte« zu gebrauchen, obwohl ihm klar war, dass die Kirche vom Blut der Apostel wie eine solche funktionierte. Sie hatte ihr Möglichstes getan, um ihm Mireya zu entreißen, auch wenn er zugeben musste, dass er es ihr durch seinen zügellosen Lebenswandel leicht gemacht hatte. Aber was konnte er Mireya schließlich bieten? Lieferte er sie nicht umso sicherer der Zerstörung durch dieses Land aus, wenn er, ein ständig blanker, dem Alkohol und der Ausschweifung verfallener Polizeiinspektor ohne Gegenwart und ohne Zukunft, darauf bestand, sie bei sich zu behalten?

Jedesmal, wenn seine Gedanken in diese Sackgasse abdrifteten, hatte er das Gefühl, in einen bodenlosen Abgrund zu stürzen. Er schloss die Augen, damit ihm nicht schwindlig wurde, und atmete tief durch; das Gefühl des Fallens verschwand. Er öffnete die Augen. Es war bereits elf Uhr vormittags. Durch das Fenster bewunderte der Inspektor den großen, von Flammenbäumen beschatteten Hof des Pensionats. Zwei Pfauen stolzierten auf dem sorgfältig gepflegten Rasen umher. In einer Allee parkte unter der üppigen Krone eines Mandelbaums ein schwarzer Lieferwagen mit Satellitenantenne auf dem Dach. Schwere Stille lag auf dem Gelände, als beschützte ein geheimer Zauber es vor dem doch so nahen Getöse der Stadt. Sobald man durch das Tor des Pensionats ging, fühlte man sich wohl, in Frieden mit sich selbst. Der Inspektor war immer erstaunt darüber, welche Ruhe und welcher Friede auf den Anwesen christlicher Gemeinden herrschten. Lag es daran, dass solchen Orten eine gewisse Spiritualität innewohnte, oder waren die, die sich dort niedergelassen hatten, nur bestrebt, laute oder sonstwie störende Tätigkeiten zu vermeiden? Er hatte jedenfalls oft davon geträumt, sich irgendwo in ein Kloster zurückzuziehen. An einen Ort, an dem es keinen Lärm gab.

Der Lärm war nach dem Schauspiel der Armut und des Elends die größte Plage des Lebens in Port-au-Prince: Motorengeknatter, schadhafte Auspuffanlagen der Autos, unnötiges Hupen, Rufe der Händler, voll aufgedrehte Musik in den öffentlichen Verkehrsmitteln oder mitten auf der Straße, asthmatisches Röcheln der Generatoren, Ansprachen der Wanderprediger, Gebete von Sekten, die ihren Wahn unbedingt mit den Anwohnern teilen mussten, Gebell von streunenden Hunden, ständiges Krähen der Hähne, die durch die Torheit der Menschen das Zeitgefühl verloren hatten, wütender Zwist von andauernd zerstrittenen Nachbarn, Kinder, die für sie unverständliche Lektionen und chemische Formeln aufsagten, Fernseher auf voller Lautstärke, wenn ein Fußballspiel aus der ersten italienischen Liga übertragen wurde, und Radios, aus denen der neueste *compas**- oder Raphit dröhnte.

»Monsieur Azémar!«

Der Inspektor fuhr zusammen. Versunken in seine Gedanken hatte er die Ankunft der Pensionatsleiterin nicht bemerkt. Allerdings bewegte sich diese immer geräuschlos fort, als wollte sie beweisen, dass sie ein immaterielles Wesen war. Selbst wenn sie einen Gegenstand verrückte, hörte man nichts. Die Lautlosigkeit ihrer Bewegungen und Handgriffe wurde jedoch durch die Böswilligkeit ihrer Gedanken wettgemacht, dachte Inspektor Azémar. Sie war eine Weiße in den Fünfzigern, mager und mit ausgemergeltem Gesicht, stets gekleidet in die Uniform der leitenden Mitglieder der Kirche vom Blut der Apostel, ein graues Kostüm mit einem Maokragen. Fast schon die Karikatur einer evangelikalen Predigerin aus dem hintersten Winkel der Vereinigten Staaten! Alle gehorchten ihr aufs Wort. Sie war eine Frau, der ihr Keuschheitsgelübde sichtlich zu schaffen machte. Sie mochte keine Männer, da war sich der Inspektor sicher. Warum war sie sonst in Gegenwart von Männern so wenig liebenswürdig?

Bei den Elternabenden hatte der Inspektor beobachten können, wie Sister Marie-Josée sich anderen Männern gegenüber verhielt. Was ihn, Dieuswalwe Azémar, betraf, so konnte man sie freilich verstehen. Alles an ihm, einem Junggesellen mit denkbar schlechtem Ruf, war dazu angetan, das Missfallen einer Ordensschwester zu erregen, die ihre Prinzipien sehr hoch hielt. Im Grunde hätte er seine Tochter lieber anderswo untergebracht, aber dieses Internat, betrieben von einer amerikanischen Freikirche, hatte sich damals gerade angeboten. Er wusste, dass seine Kollegen sich über ihn lustig machten, weil er für Mireya diese Anstalt gewählt hatte, deren Klientel vor allem aus mittellosen Kindern bestand. Aber seine Tochter wurde dort gut behandelt. Die Prüfungsergebnisse des Pensionats konnten sich mit denen der besten Anstalten der Stadt messen. Natürlich wäre Mireya nicht hier, wenn er sich eine andere Schule leisten könnte. Das betrübte ihn. Es widersprach seinen zutiefst laizistischen Grundsätzen. Doch gab diese Schule dem Kind vor allem die Chance wegzugehen. Zu verhindern, dass die Schakale dieses Landes sich an ihrer Leiche gütlich taten wie an der anderen ... an Mireya, der Dominikanerin. Diese war in La Brésilienne in seinen Armen gestorben, als er drauf und dran war, ein absurdes Rätsel um den gestohlenen Klang der Glocken zu lösen.* Er hatte die Dominikanerin so sehr geliebt, auch wenn ihre Liebe nur ein paar Stunden gedauert hatte, dass er das Mädchen, das er aus dem entlegenen kleinen Dorf im hintersten Winkel Haitis mitgebracht hatte, Mireya getauft hatte.

»Sister Marie-Josée!«, sagte Dieuswalwe Azémar und nahm im Aufstehen eilig seine Brille ab.

Er streckte der Direktorin die Hand hin, hielt dabei aber einen gewissen Abstand ein und öffnete den Mund beim Sprechen so wenig wie möglich. Trotz der Pfefferminzbonbons musste er vorsichtig sein.

»Sie können Ihre Brille aufbehalten, Inspektor«, antwortete Sister Marie-Josée, die den Handschlag verweigerte, eilig.

Seit seiner Begegnung mit Mireya in La Brésilienne hatte er keinen Komplex mehr wegen seines Schielens, aber seine Augen brachten seine Gesprächspartner in Verlegenheit. Er setzte also seine Brille wieder auf.

»Ihnen scheint es heute Morgen nicht besonders gut zu gehen, Monsieur Azémar«, bemerkte Sister Marie-Josée.

»Das ist die Arbeit«, stammelte der Inspektor wie ertappt. »Bei der Unsicherheit, die hier herrscht, kommen wir nicht mehr zum Schlafen. Und außerdem reist meine Tochter bald ab, das ist für mich nicht einfach.«

»Ich glaube vielmehr, Sie versuchen Ihre Alkoholfahne zu verbergen«, antwortete die Schwester. »Seltsam, dass man bei der Polizei Trunkenbolde duldet, Inspektor. Nach meiner bescheidenen Kenntnis hätte es so etwas früher nicht gegeben.«

Der Angriff kam so plötzlich, dass der Inspektor nicht reagierte.

»Es reicht uns, Monsieur Azémar. Die körperliche und geistige Gesundheit unserer Kinder hüten wir wie unseren Augapfel. Mireya ist ein reizendes Mädchen. Sie ist die Begabteste und Intelligenteste ihrer Klasse. Ich kann nicht zulassen, dass Mireyas Entwicklung durch Ihren zügellosen Lebenswandel Schaden nimmt. Schauen Sie sich doch an. Ihre Fahne ist trotz der Pfefferminzbonbons aus hundert Metern Entfernung zu riechen. Wenn Sie schon Ihr eigenes Leben nicht im Griff haben, wie wollen Sie sich um Mireya kümmern?«

»Ich habe zugestimmt, dass sie in eine andere Familie im Ausland kommt«, erinnerte sie der Inspektor angeschlagen.

»Das Bild, das sie jetzt von Ihnen bewahren wird, kann sie für ihr Leben prägen. Warum nehmen Sie das Wort Christi nicht an? Wir könnten Sie bei uns aufnehmen.«

»Es geht um Mireya«, bemerkte der Inspektor. »Mein Leben geht nur mich etwas an.«

Die Direktorin warf ihm einen vernichtenden Blick zu.

»Wissen Sie, wie Sie heute Morgen aussehen, Inspektor? Wie ein Schw...! Ich erlaube mir auszusprechen, was alle anderen Ihnen verschweigen.«

»Ich bin gekommen, um meine Tochter abzuholen!«, brüllte der Inspektor und fasste nach dem Revolver an seinem Gürtel.

Sister Marie-Josée kicherte.

»Was wollen Sie tun? Auf mich anlegen? Nur zu, Inspektor ... Das wäre der perfekte Skandal: Ein Polizeiinspektor erschießt eine Pensionatsleiterin!«

»Ich bin gekommen, um meine Tochter abzuholen«, wiederholte der Inspektor ruhiger. »Ich sehe sie heute zum letzten Mal. Ihre Reden können Sie sich sonstwohin stecken. Ich kann mich noch weigern, Ihnen Mireya zu übergeben.«

Sister Marie-Josée lächelte mitleidig.

»Es ist zu spät, Inspektor. Sie haben schon unterschrieben. Sie haben keine Chance, Mireya zu behalten. Ihr Lebenswandel spricht nicht für Sie, das wissen Sie. Wenn wir Mireya ein letztes Mal zu Ihnen lassen, dann nicht, um Ihnen einen Gefallen zu tun. Wir tun es für Mireya. Damit sie beruhigt abreisen kann.«

Sie maßen einander einige Sekunden mit Blicken. »Sie hat es gewagt, mich mit allen möglichen Ausdrücken zu beschimpfen!«, tobte der Inspektor innerlich.

»Wir bringen Ihnen Mireya. Aber Achtung, Sie sehen sie zum letzten Mal. Traumatisieren Sie sie nicht!«

Die Direktorin verließ das Zimmer. Der Inspektor konnte nur mit Mühe atmen. Die Wut schnürte ihm die Brust zusammen. Gegen seinen Willen drang ein Schluchzen aus seiner Kehle. Zwei Tränen rannen ihm glühend heiß über die Wangen. Noch nie hatte er sich so machtlos gefühlt. Er senkte den Kopf und weinte ohne falsche Scham. Von Anfang an hatte er keine Chance gehabt, Mireya zu behalten. Das ganze Viertel hatte getratscht, als er mit dem Mädchen nach Port-au-Prince gekommen war und es bei sich einquartiert hatte. Er lebte allein und war bekannt für seine Trinkgelage und die Nutten, die er nach Hause brachte, um seine Einsamkeit auf Distanz zu halten und seine Verzweiflung über das Leben in diesem Land einen Augenblick lang aus seinem Bewusstsein zu streichen. Ein derart verdorbener Mann konnte nicht mit einem so reizenden Mädchen unter einem Dach leben.

Um den Klatsch zum Schweigen zu bringen, hatte er schnell ein Pensionat für Mireya finden müssen. Jemand hatte ihm zu dieser Einrichtung der Kirche vom Blut der Apostel geraten. Mireya wurde dank einer Empfehlung aufgenommen, die Dieuswalwe Azémars Vorgesetzter, Kommissar Solon, aufgetrieben hatte. Das Mädchen sah den Inspektor an den Wochenenden. Die Dinge nahmen eine andere Wendung, als Sister Marie-Josée in Begleitung eines Familienrichters bei ihm zu Hause auftauchte; es lag eine anonyme Anzeige gegen ihn vor, vermutlich von einem Nachbarn. Inspektor Azémar verdächtigte den Hausbesitzer, dem er drei Monatsmieten schuldete, dass er ihm diesen Streich gespielt hatte, aber er fand nie einen Beweis dafür. In seinem Vollrausch hatte er es versäumt, die Tür zu verriegeln. Sister Marie-Josée und der Richter fanden ihn im Bett vor, sturzbetrunken und in Gesellschaft zweier Frauen. Die Kirche vom Blut der Apostel versprach, eine Pflegefamilie im Ausland zu suchen, und beantragte das alleinige Sorgerecht für das Kind.

Vor Gericht wehrte sich der Inspektor nur halbherzig. Er liebte Mireya, dachte aber tief in seinem Inneren, dass er keinen Grund hatte, weiterzukämpfen, wenn sie die Chance bekam, weit weg von Haiti von einer Familie adoptiert zu werden, wie Sister Marie-Josée versicherte. Zum Wohl seines Schützlings stimmte er schließlich dem von der Kirche vorgeschlagenen Verfahren zu. Auch wenn er Sister Marie-Josée nicht mochte, musste er doch zugeben, dass Mireya im Pensionat enorme Fortschritte gemacht hatte. Sie konnte sich jetzt besser ausdrücken. Ihre Schulnoten lagen weit über dem Durchschnitt. Er hatte nur verlangt, dass er sie bis zu ihrer Abreise, die nun in drei Tagen stattfinden sollte, jeden zweiten Samstag im Monat sehen durfte.

»Papi Dieuswalwe! Was hast du?«

Er wischte sich rasch mit dem Handrücken die Tränen aus dem Gesicht, bevor er den Kopf hob. Mireya war auf der Türschwelle stehen geblieben. Sie trug in der einen Hand ihr Köfferchen, die andere hielt eine junge Frau von kalter Schönheit, die in der grauen Uniform der Schwestern der Kirche vom Blut der Apostel stocksteif neben ihr stand. Der Inspektor erkannte Sister Moon, die wichtigste Mitarbeiterin von

Sister Marie-Josée. Er grüßte sie mit einem kurzen Kopfnicken. Sie ignorierte es. Ihr Blick war fiebrig und ausdruckslos. Es war, als befände sie sich ständig in mystischer Trance.

»Ich habe nichts, mein Liebling«, antwortete er und wusste dabei genau, dass seine Stimme falsch klang. »Nur Magenschmerzen. Komm.«

Sie ging auf ihn zu, nachdem sie Sister Moon geküsst hatte. Die Schwester verließ wort- und grußlos das Zimmer. Der Inspektor drückte das Mädchen an sich. Er unterdrückte ein Schluchzen, um sich vor dem Kind nicht zu entblößen. Biss sich innen auf die Lippen, bis es blutete. Atmete mühsam. Nein, er würde den Schmerz der Trennung nicht ertragen. War es möglicherweise sein Schicksal, immer den Menschen zu verlieren, den er liebte, und so in Zerrissenheit zu leben? Er dachte an Mireya, die einzige Frau, die ihm bei seinem kurzen, bewegten Aufenthalt in jenem entlegenen kleinen Dorf im Südosten des Landes einen Blick auf das ermöglicht hatte, was auf dieser Welt an Liebe und Schönheit noch übrig war. Der Inspektor ahnte, dass man sie durch die getönte Scheibe beobachtete. Er nahm die Hand des Mädchens. Ihm fiel auf, dass ihr Arm verbunden war.

»Was hast du da am Arm?«, fragte er.

»Ich bin geimpft worden«, antwortete Mireya. »Ich hatte Angst, aber es hat nicht wehgetan.«

»Holt man in diesem Pensionat nicht die Erlaubnis der Eltern ein, bevor man die Kinder impft?«, wunderte sich der Inspektor. »Bis zu deiner Abreise bleibe ich immerhin dein Vater.«

»Es ist für meine Gesundheit, Papi.«

Er bemerkte, dass etwas an ihrem Handgelenk fehlte.

»Wo ist das Armband, das ich dir geschenkt habe?«

Sie wurde rot bis über die Ohren.

»Gestern Abend vor dem Einschlafen hatte ich es am Handgelenk. Heute Morgen habe ich es überall gesucht. Ich verstehe nicht, wie ich es verloren habe, Papi. Ich schwör's dir, es war keine Absicht.«

Dieses Schmuckstück hatte ihn fast ein Monatsgehalt gekostet. Aber seine kleine Mulattin war so schön, so unschuldig, dass er fühlte, wie sein Herz dahinschmolz. Er brachte es nicht über sich, sie zu schelten.

»Komm«, sagte der Inspektor mit einem Seufzer, »wir gehen. Morgen melde ich Sister Marie-Josée den Verlust des Armbands.«

In dieser Nacht tat der Inspektor lange kein Auge zu. Mireya war eingeschlafen, zusammengerollt in dem Bett, das er in einem Geschäft der Stadt auf Kredit gekauft hatte und seit nunmehr fünf Monaten mühsam abzahlte. Ein brennendes Bedürfnis nach Alkohol quälte ihn. Sein Körper verlangte nach dem Feuer des *tranpe*. Eine heimtückische Migräne hämmerte gegen seine Schläfen. Ihm war heiß. Sein Körper pumpte den Schweiß aus. Er fühlte sich schmutzig. Er wollte ein Bad nehmen, aber es gab keinen Tropfen Wasser. Schon vor drei Monaten hatte das Wasserwerk versprochen, die Leitungen zu reparieren, die irgendwo bei Erdarbeiten im Viertel unterbrochen worden waren. Es würde jedoch niemand einen Finger rühren, wenn kein hohes Tier aus der Regierung intervenierte oder wenn er, Dieuswalwe Azémar, nicht einem Verantwortlichen androhte, ihm eine Kugel in den Kopf zu jagen. Manchmal fragte er sich, ob es nicht besser gewesen wäre, wenn die *macoutes** für immer an der Macht geblieben wären. Damals nahm sich wenigstens jeder in Acht. Man wusste nie, wer jemand war. Damals hätte man die Leitungen sofort geflickt aus Angst, ein Mitglied der gefürchteten Miliz könnte betroffen sein.

Nur mit Mühe widerstand er dem Wunsch, sich aus einer der Flaschen *tranpe* zu bedienen, die er sorgfältig verbarg, wenn seine Tochter da war. Er legte keinen Wert darauf, dass Mireya Zeugin seines Verfalls wurde, auch wenn sie intelligent genug war, zu ahnen, dass ihr Vater unmäßig trank. Sie hatte ihn manches Mal darauf aufmerksam gemacht, dass er nach Alkohol roch. Er redete sich immer damit heraus, dass er ab und zu einen kleinen Schluck trinke, um mit dem Stress bei seiner Arbeit besser zurechtzukommen. Er zündete eine Zigarette an, zog den Rauch gierig ein und hielt ihn im Mund zurück, als könnte das Nikotin seinen Durst auf Alkohol löschen. Gegen seinen Willen dachte er zornig an Wachtmeister Colin. Er hatte ihm vertraut. Er war für ihn der Beweis gewesen, dass es noch junge Menschen gab, die fähig waren, für ein Ideal zu kämpfen. Junge Menschen, die von einem anderen Ort, einer anderen Welt träumen konnten. Die Augen des jungen Polizisten leuchteten vor Bewunderung für Dieuswalwe Azémar, wenn dieser mit einer seiner Schlussfolgerungen einen Fall aufklärte, bei dem die gesamte Polizei ratlos gewesen war. »Diese Leute da tragen die Uniform wie Schauspieler«, sagte der Inspektor damals gern. »Polizist zu sein, ist für sie nur ein Vorwand. Mit dem Motto ›Schützen und Dienen‹ haben sie nichts am Hut. Wie sollen sie da über ein Problem nachdenken, das ein Mindestmaß an gesundem Menschenverstand verlangt? Das Menschlichkeit erfordert?« Er war ein Vorbild für Wachtmeister Colin gewesen.

Eines Tages, und das war vielleicht der schönste Augenblick seines Lebens gewesen, hatte er den jungen Polizisten dabei überrascht, wie er ihn vehement gegen zwei Kollegen verteidigte, die ihn als Versager bezeichneten. Colin hatte kein Blatt vor den Mund genommen, als er ihnen zu verstehen gab, dass die Korruption das Übel war, das das Land nicht aus dem Sumpf herauskommen ließ, in dem es steckte. Die Polizisten hatten lauthals gelacht über das, was sie für Colins Naivität hielten, doch der war nicht zurückgewichen. »Eines Tages wird man den Wert von Dieuswalwe Azémar erkennen«, hatte er mit Nachdruck erklärt. Und er hatte jene Worte hinzufügt, über die der Inspektor wochenlang nachdenken sollte: »Der Mann ist zum Alkoholismus verurteilt, und zwar von Leuten wie Ihnen. Auf diese Weise vernichten Sie ihn. Er steht für etwas, was Ihnen vor Augen führt, wie klein Sie sind. Wie klein und wie unbedeutend.«

Diese Polizisten waren fortan mit Colin tödlich verfeindet. Sie sprachen nicht mehr miteinander und grüßten sich nur noch, um die Gepflogenheiten der Institution zu wahren. »Das hättest du nicht tun dürfen, Colin«, stöhnte der Inspektor, dem ein plötzlicher Schmerz den Bauch zusammenkrampfte. »Du hättest Nein sagen sollen. Du konntest Nein sagen.« Er wusste, dass er sich selbst betrog. Colin hatte ihm den Grund für seinen Entschluss erklärt: Seine Frau verlangte etwas anderes. »Bald werde ich ein Kind haben. Ich tue es für meine Familie«, hatte er hinzugefügt. »Blödsinn!«, stieß Dieuswalwe Azémar hervor, »Blödsinn!«

Mireya bewegte sich in ihrem Bett. Er hatte unwillkürlich zu schreien begonnen und vergessen, dass seine Tochter tief und fest schlief. Er fürchtete, sie geweckt zu haben, und trat an das Bett des Kindes. Sie streckte sich, öffnete die Augen, sah ihn an und schlief sofort wieder ein. Er betrachtete sie. Er fand sie schön. Er beugte sich über sie, um sie auf die Stirn zu küssen. Ihr Körper verströmte einen Duft, der ihn erneut an ihre Mutter denken ließ. Ihm fiel die Nacht wieder ein, in der er in dem dreckigen Hotelzimmer mit der Dominikanerin geschlafen hatte.

Das Kind hatte dieselbe matte Haut wie die Mulattin, die in La Brésilienne seine männlichen Sinne verschlungen hatte. Denselben Geruch. Hatte er ihr deshalb denselben Vornamen gegeben? Ein plötzliches Begehren überschwemmte ihn. Außer Atem und schweißgebadet stand er auf und öffnete eilig die Tür, um sich auf der Veranda in die Schwüle der Nacht zu flüchten. Der Gedanke an das, was er als Verrat vonseiten Colins betrachtete, bohrte in ihm. Hin und wieder sah er auch das furchterregende Gesicht des *bòkò*, bevor er ihn erschossen hatte, vor sich. Wie es wohl Doris ging, der Tochter seiner Freundin, die mit seiner Hilfe auf einer Krankenstation mit kubanischen Ärzten aufgenommen worden war? Das Kind litt an Malaria. Dennoch bestand die Chance, dass es überlebte. Zu viele Bilder drängten sich in seinem Kopf. Er wurde von widersprüchlichen Empfindungen bestürmt. Trotz Mireyas Gegenwart würde er an diesem Abend dem Ruf des *tranpe* sicher nicht widerstehen können. Er dachte an eine Entziehungskur. In diesem Punkt täuschte Wachtmeister Colin sich nicht: Das war ein Mittel, ihn zu diskreditieren. Alle korrupten Existenzen konnten mit dem Finger auf ihn zeigen und sagen: »Machen Sie es nur wie Dieuswalwe Azémar. Schauen Sie sich an, was aus ihm geworden ist. Und nun wählen Sie Ihr Vorbild.«

»Reiß dich zusammen, Dieuswalwe. Mach den beiden Ws in deinem Namen Ehre!« Er setzte sich auf die Brüstung und atmete tief. Die widerlichen Gerüche der nahegelegenen Latrinen verursachten ihm Übelkeit. Er erinnerte sich an eine etwas skurrile Episode. Gegenüber von seinem Haus hatten Anhänger einer protestantischen Sekte es mitten in der Nacht für angeraten gehalten, eine Gebetsgruppe zu bilden und gegen den Teufel anzuplärren. Er war aus dem Bett gesprungen, ohne sich erst anzuziehen, war mit der Waffe in der Hand über die Straße gerannt und hatte im improvisierten Tempel, in dem der Pastor gerade zu einer neuen Diatribe gegen die Diener Satans ausholte, dreimal in die Luft geschossen. Die von zwei Lautsprechern auf dem Dach des Hauses verstärkte Predigt war jäh abgebrochen. Die Gläubigen hatten blitzschnell das Feld geräumt. Vor der Generalinspektion der Polizei, die ihn auf die Beschwerde des Pastors hin drei Tage später vorlud, blieb der Inspektor hart. Er dulde nicht, dass irgendwelche Spinner die Nachtruhe seines Viertels störten. Fast schon tobend hatte er gedroht, dem Pastor eine Kugel in den Kopf zu jagen, wenn der Beschwerde stattgegeben werde. »Ich habe nur die Nacht für mich!«, hatte er gebrüllt.

»Ich werde niemals zulassen, dass man sie mir versaut!« Man hatte es vorgezogen, den Fall einzustellen, und den Pastor gebeten, seine Zelte in einem Viertel aufzuschlagen, in dem vernünftigere Bürger wohnten. Aber man hatte Dieuswalwe Azémar auch zu verstehen gegeben, dass man seinen Hang, seine Waffe für Sachen einzusetzen, die es nicht wert waren, nicht weiter dulden werde. »Wenn Sie in einem besseren Viertel wohnen würden, hätten Sie das Problem nicht gehabt. All das hätten Sie bedenken müssen, bevor Sie Ihre Waffe gezogen haben.« Der Inspektor hatte die Botschaft verstanden. Er musste die Nachteile seiner Situation hinnehmen.

Er beschloss, sich in Gottes Namen schlafen zu legen. Er würde Schafe – oder Schweine? – zählen, um in den Schlaf zu finden. Im Bett fiel ihm etwas Besseres ein. Er dachte an die schönen Momente mit seiner Tochter, nachdem sie das Pensionat verlassen hatten. Ein Taxi hatte sie in ein kleines Restaurant im Stadtzentrum gebracht. Willio, der Mechaniker, hatte angerufen, um dem Inspektor Bescheid zu sagen, dass sein Auto frühestens in drei Tagen fertig sein werde; solange brauchte er, um die Benzinpumpe zu flicken, denn das Teil war zurzeit auf dem Markt nicht erhältlich. Nach einem raschen Abendessen – die Kleine hatte keinen Hunger gehabt – hatten sie einen Spaziergang auf den Überresten des Quai Colomb gemacht. Die Christoph-Kolumbus-Statue war nach dem Weggang der Duvaliers von »Revolutionären« umgestürzt und ins Meer geworfen worden; das war ihre Art, ihre Ablehnung der Geschichte, so wie sie in den Büchern stand, kundzutun.

Trotz der sporadischen Bemühungen einiger Behörden lag der Ort nun verlassen da, es verkehrten dort Stadtstreicher und Gauner, bereit, die Unvorsichtigen auszurauben, die sich dorthin wagten. Doch Dieuswalwe Azémar wirkte auch als Säufer wie ein Chef. Außerdem sorgte er dafür, dass der Griff des Smith & Wesson an seinem Gürtel deutlich zu sehen war. Er setzte sich mit seiner Tochter auf eine Bank. Die Sonne schickte sich zu ihrem Abstieg in die Bucht an. Die Wellen erstarben mit traurigem Murmeln am Ufer und spülten dabei traubenweise Plastikflaschen an. Gestank mischte sich in den Salz- und Algengeruch des Meeres. Ein riesiger Frachter näherte sich dem Hafen und ließ seine Sirenen tuten. Ein weiteres, mit neuen Autos beladenes Schiff wartete in zwei oder drei Seemeilen Entfernung in der Bucht. Noch weiter weg verließ ein Tanker das Terminal an der südöstlichen Spitze und fuhr in den Kanal vor der Insel La Gonâve ein.

»Warum hast du mich heute Morgen belogen, Papa?«, hatte sie plötzlich gefragt.

»Ich?«, wunderte sich Dieuswalwe Azémar. »Ich lüge doch nie, Mireya.«

»Du hast mich belogen. Du hattest keine Bauchschmerzen. Das stimmte nicht. Du hast geweint.«

Der Inspektor war ein weiteres Mal verblüfft über den Scharfsinn des Mädchens. Er versuchte, aus seiner misslichen Lage herauszukommen.

»Du täuschst dich. Ich hatte eine Allergie am Auge. Es ist ein Wahnsinn, Port-au-Prince ist voller Staub und Rauch. Man lässt zu viele Fahrzeuge in schlechtem Zustand in der Stadt fahren.«

Sie sah ihn sichtlich skeptisch an.

»Hast du mit deinem Freund gesprochen?«, fragte sie.

»Mit wem?«

»Das ist zwei Jahre her, Papi. Am zweiten Samstag im Juni.«

Das Kind hatte ein unerhörtes Gedächtnis, das den Inspektor in Erstaunen setzte. Nach seiner letzten Begegnung mit Wachtmeister Colin hatte er sie im Pensionat abgeholt. Er hatte ihr, immer noch zornig, von Colins Abschied erzählt.

»Warum bist du wütend auf ihn, Papi? Weil er mich jetzt nicht mehr im Pensionat abholen kommt, wenn du Banditen verfolgen musst?«

Der Inspektor hatte in der Tat bei drei Gelegenheiten, als er durch dringliche Angelegenheiten aufgehalten wurde, Wachtmeister Colin gebeten, Mireya im Pensionat abzuholen.

»Nein, nicht deswegen, sondern weil er beschlossen hat, es so zu machen wie die anderen«, hatte Dieuswalwe Azémar geantwortet.

»In der Schule bringt man uns bei, es so zu machen wie die anderen«, hatte sie sichtlich verwirrt eingewandt.

»Wenn die anderen gut handeln, dann ja. Wenn sie schlecht handeln, darf man es ihnen nicht nachmachen. Wachtmeister Colin hat mich enttäuscht.«

»Aber du magst ihn immer noch, Papi.«

»Das stimmt. Ich habe Colin als meinen Sohn betrachtet, aber er hat mich verraten. Wer die verrät, die ihn lieben und ihm vertrauen, ist ein Schwein.«

Er hatte die Wut in seiner Stimme nicht bezwingen können. Mireya hatte ihre kleine Hand auf seinen Arm gelegt.

»Sei nicht traurig, Papi! Er wird wiederkommen. Vielleicht ist Colin kein Schwein.«

Zwei Jahre später erinnerte sie sich noch daran. Sie waren manchmal mit Wachtmeister Colin ausgegangen. Mireya hatte sofort Zuneigung zu dem jungen Polizisten gefasst. Sie hatte ihm eine Menge Fragen zu seinem Beruf gestellt, darunter immer wieder die folgende: Hatte er schon einmal einen Banditen getötet? Der Inspektor erriet, dass Mireya – welche sich immer noch für La Brésilienne, das Dorf, aus dem sie stammte, interessierte – Colin die Wahrheit über ihre Geburt entlockt hätte, wenn er, Dieuswalwe Azémar, nicht dabeigewesen wäre. Die Erklärungen ihres Vaters, der entschlossen war, die außergewöhnlichen Umstände ihrer Empfängnis aus seinem Gedächtnis zu löschen, hatten sie niemals befriedigt.

»Du hattest vorausgesagt, dass er zurückkommen würde«, hatte Dieuswalwe Azémar sie erinnert. »Du hast verloren. Du schuldest mir einen Kuss.«

Ohne zu protestieren, hatte sie sich dem Inspektor genähert und ihn auf beide Wangen geküsst.

»Stimmt, ich habe verloren«, hatte sie zugegeben. »Trotzdem bin ich sicher, dass Colin etwas zugestoßen ist, wenn er nicht zurückgekommen ist.«

Es war ihm ganz sicher etwas zugestoßen, hatte Dieuswalwe Azémar gedacht. Colin war nicht mehr der, der er gewesen war, nämlich ein ehrlicher junger Mann, der von einer anderen Gegenwart und einer anderen Zukunft für sein Land träumte. Er war wie die anderen geworden: ein Mann, der unter dem Vorwand, für seine Familie zu sorgen, zu jeder Niedertracht bereit war. Er hatte sich gefragt, ob er an jenem schicksalhaften Morgen alles getan hatte, um Wachtmeister Colin zurückzuhalten. Wie hätte er reagieren sollen, als der junge Polizist ihm abrupt zu verstehen gegeben hatte, dass er nicht enden wollte wie er, das heißt mittellos, mit einer erbärmlichen Wohnung und einem alten Auto, das nur vom Erfindungsreichtum eines Mechanikers am Leben erhalten wurde? Er hatte nichts zu erwidern gewusst. »Ich bin kein Vorbild«, hatte Dieuswalwe Azémar für sich geschlossen. »Mit welchem Recht hätte ich mich seiner Entscheidung widersetzen können?«

»Ihm ist nichts zugestoßen, Mireya«, hatte der Inspektor gesagt. »Ihm gefällt es bestimmt auf seinem neuen Posten. Er ist zu beschäftigt, um an uns zu denken.«

»Nein, ich sag's dir, ihm ist etwas passiert«, hatte Mireya beharrt.
»Das wüsste ich«, hatte der Inspektor gesagt.
»Gestern Abend habe ich von Wachtmeister Colin geträumt.«
»Wie hast du ihn gesehen?«
»Ich erinnere mich nicht besonders gut. Aber ich war sehr wütend auf ihn.«
Plötzlich hatte sie ausgerufen:
»Jetzt weiß ich es! Er hatte Schweineohren.«
Dicuswalwe war in Gelächter ausgebrochen.
»Du siehst zu viele Filme im Pensionat, mein Liebling. Das ist gut! Wachtmeister Colin mit Schweineohren! Die hat er sich redlich verdient. Das wird ihn lehren, seine Freunde zu verraten.«
Sie hatte verärgert die Arme vor der Brust verschränkt.
»Wenn du dich über mich lustig machst, sage ich gar nichts mehr.«
»Keineswegs. Ich würde mich nie über dich lustig machen. Ich finde das nur komisch. Wachtmeister Colin mit Schweineohren! Geschieht ihm recht!«
»Der Traum war nicht komisch, Papi«, hatte sie schmollend gesagt.
»Du hast Recht, mein Liebling. Über das Unglück anderer lacht man nicht, auch wenn es nur ein Traum ist.«
»Es war ein sehr schlimmer Traum, Papi.«
»Vergessen wir Wachtmeister Colin und seine Schweineohren. Was möchtest du noch machen, bevor wir nach Hause gehen?«
Sie hatte fast ohne zu überlegen geantwortet.
»Zeig mir, wie man einen Revolver hält. Ich hab mal geträumt, dass ich auf einen Bösen schieße und dich damit rette.«
Der Inspektor hatte überrascht den Kopf geschüttelt.
»Du bist wirklich unberechenbar. Nun gut. Lernen wir, wie man eine Waffe hält.«
Er hatte sich hinter sie gekniet, ohne sich um den nassen Boden und das Unkraut zu kümmern, dann hatte er seinen Smith & Wesson genommen, die Patronen aus der Trommel entfernt und die Waffe in die Hände der Kleinen gelegt.
»Achtung«, hatte er gesagt. »Nicht den Finger auf den Abzug legen. Du hältst die Waffe immer fest mit beiden Händen. Zum Zielen schließt du das linke Auge und bringst das Ziel in eine Linie mit Kimme und Korn. Dann erst denkst du an den Abzug.«
Er hatte auf eine Taube gezeigt, die auf dem Rest der Brüstung saß.

»Versuch, sie zu treffen.«

»Wachtmeister Colin hat mir gesagt, dass du früher ein Eliteschütze warst«, hatte Mireya plötzlich gesagt. »Was ist das, ein Eliteschütze?«

»Ein Schütze, der sein Ziel nie verfehlt. Aber das war lange vor deiner Geburt. Jetzt ziel.«

Er hatte Mireya die Waffe überlassen. Sie hatte den Kopf schräg gelegt, gezielt und dann auf den Abzug gedrückt.

»Ich hab getroffen!«, hatte sie voller Freude ausgerufen, »ich hab getroffen!«

»Bravo«, hatte der Inspektor gesagt und ihr die Waffe wieder aus den Händen genommen. »Eines Tages wirst du richtig schießen und als Eliteschütze gelten, so wie ich einer war.«

Beinahe hätte er hinzugefügt: »Bevor ich zu so einem Wrack geworden bin.«

»Stimmt es, dass wir uns nicht mehr wiedersehen?«, hatte Mireya, die plötzlich ernst geworden war, gefragt.

Er hatte den Revolver wieder an seinem Gürtel verstaut. Die Taube auf der Brüstung war aufgeflogen und kreiste über ihnen, als wollte sie ihr Gespräch belauschen.

»Wir sehen uns sicher einmal wieder, Mireya«, antwortete er mit einem unterdrückten Schluchzer. »Was mir jetzt wichtig ist, ist, dass du von all dem hier wegkommst.«

»Wovon?«, hatte sie gefragt.

Mit einer weit ausholenden Geste hatte er ihr die Stadt gezeigt, die Slums, die direkt an der Bucht lagen, die von der anarchischen Bebauung verwüsteten Berge und das Meer, das Massen von Abfällen und Plastik vermengt mit Schlamm und verfaulten Algen ans Ufer spie.

»Was möchtest du noch, bevor wir nach Hause gehen?«, hatte der Inspektor sie seufzend gefragt.

»Ein Eis! Und dann leihen wir uns einen Film aus.«

»Du bist die Königin«, hatte Dieuswalwe Azémar gesagt und sie an sich gedrückt.

Er hatte sie hochgehoben, durch die Luft gewirbelt und dann wieder auf dem Gras abgesetzt.

»Du bist alles, was ich habe, Mireya. Du wirst mich nie verraten.«

»Ich verrate dich nie, versprochen!«

Ihm wurde plötzlich schwindelig. Sie hatten wie zwei Komplizen ihre Handflächen gegeneinandergeschlagen und waren anschließend in den kleinen Pfad eingebogen, der zur Straße führte. Der Inspektor hatte sich nicht um die zwei jugendlichen Gauner gekümmert, die ihnen nachgeschaut hatten: Der gut sichtbare Smith & Wesson hatte sie auf Abstand gehalten. Wider Willen hatte er losgeprustet:

»Wachtmeister Colin mit Schweineohren! Geschieht ihm recht!«

Mireya hatte ihm einen strafenden Blick zugeworfen. Mit dem Gedanken an diesen Blick schlief er ein. Sofort träumte er von dem Stern. Er sah diesen Stern oft im Traum. Einen Stern, der sofort wieder verschwand. Er ahnte nur, dass in oder hinter diesem Stern jemand war, aber er wusste nicht, wer.

Am nächsten Morgen erwachte Mireya als Erste. Sie rüttelte den Inspektor, welcher die Augen öffnete und Schimpfwörter vor sich hin murmelte, die die Kleine nicht verstand. Er brauchte einige Zeit, um die Nebel des Schlafes zu vertreiben, wenn er vor dem Einschlafen nicht seine übliche Ration *tranpe* zu sich genommen hatte. Die Migräne hielt seinen Schädel umklammert wie ein Schraubstock. Sister Marie-Josée hätte ein wenig Achtung vor ihm gehabt, wenn sie gewusst hätte, wie sehr er sich in Gegenwart seiner Tochter bemühte, nüchtern zu bleiben. Er stand schwankend auf, um Kaffee zu machen. Es gab Eier, Brot, Butter, Milch, Zucker und Marmelade. Wenn er seine Tochter zu Besuch hatte, sorgte er schlecht und recht dafür, dass etwas zu essen in der Küche war. Sonst war dort nichts. Auf diese Weise verhinderte er Plünderungen durch die Frauen, die oft für eine Nacht sein Lager teilten. Er bezahlte sie, das genügte. Während das Kaffeewasser auf dem Herd stand, putzte er sich rasch die Zähne. Mireya hatte begonnen, einen Disneyfilm in dem alten Fernseher anzuschauen, der von den kurzzeitigen Freundinnen des Inspektors mit so vielen spöttischen Bemerkungen bedacht wurde. Dieser hielt sich nicht unnötig lange vor dem Spiegel im Badezimmer auf. Er mochte sein Gesicht nicht. Er wurde alt. Seiner Visage war immer deutlicher anzusehen, was für ein Versager er war – manche Schönheiten der Nacht versäumten es nicht, ihn darauf aufmerksam zu machen, wenn sie unzufrieden mit der Bezahlung waren. Sie mussten sie gleichwohl akzeptieren, denn mit einem Chef diskutiert man nicht. Er verließ das Badezimmer genau in dem Moment, in dem der Deckel des alten Kaffeetopfs in weitem Bogen durchs Zimmer flog. Er fügte das Kaffeepulver hinzu, dann schaltete er das Radio ein.

Sonntags kamen normalerweise keine Nachrichten, aber diesmal wurde der mexikanische Bolero unterbrochen, um ein ungewöhnliches Verbrechen zu melden. Ein Polizeikommissar war ermordet aufgefunden worden, nackt, von Kugeln durchsiebt, geschändet von den Schweinen. Man hatte seine Leiche auf einen Müllhaufen am Rand eines Slums geworfen, der eigentlich nicht als gefährliche Gegend galt. Als der Name des Kommissars fiel, fuhr der Inspektor zusammen: Biljoin! Mit ihm arbeitete Wachtmeister Colin. Der Journalist brachte dieses Verbrechen ohne jeden Grund mit denen an den Stinkenden Quellen in Verbindung und schloss mit der Bemerkung, dass die Hauptstadtregion wieder ein Stück unsicherer geworden sei. »Er muss wissen, was er tut«, brummte der Inspektor beim Gedanken an Wachtmeister Colin.

Er rief Mireya zum Frühstück. Sie setzte sich lächelnd an den Tisch. Die Schönheit seiner Tochter verzückte den Inspektor erneut. Sie würde noch schöner werden als die Mireya aus La Brésilienne. Aber er, Dieuswalwe Azémar, mit zwei W bitte schön, würde niemals zulassen, dass die Männer, die hier die Macht ausübten, ihre ewigen Frustrationen am Körper seiner Tochter ausließen. Deswegen hatte er schließlich sein Einverständnis dazu gegeben, dass Mireya außer Reichweite der Klauen dieser Geier gebracht wurde. Sein Herz geriet so plötzlich aus dem Takt, dass er an einen Herzanfall glaubte. Wie hätte er sonst seiner Tochter dieses Schicksal ersparen können? Er besaß nichts. Das Wenige, was er für seine Tochter ausgab, ging schon über seine Mittel. Er hätte gern aufgehört nachzudenken, sich irgendwohin gelegt und auf den Tod gewartet. Weit weg vom Lärm. Weit weg von seinen Erinnerungen. An einen Strand. Mit dem Lächeln der beiden Mireyas und dem Tanz der Kokospalmen vor dem blauen karibischen Himmel als letztem Bild. Als er gerade den Schluss zog, dass ihm immer alles schiefgehen würde, dass er ein ewiger Loser sei, flog plötzlich seine Wohnungstür unter dem heftigen Stoß mehrerer Hände auf. Ein halbes Dutzend Polizisten stürmte herein und bedrohte Inspektor Dieuswalwe Azémar mit seinen Waffen.

»Was hat das zu bedeuten?«, brüllte er.

»Wir haben einen Durchsuchungsbefehl, Inspektor Azémar«, sagte ein Mann in Zivil, der den Polizisten in die Wohnung gefolgt war.

Mireya blieb mit dem Löffel im Mund versteinert auf ihrem Platz sitzen. Der Inspektor erkannte den Anführer des Kommandos. Einen Kommissar von der Kriminalpolizei! Sie waren gemeinsam auf der Polizeihochschule gewesen.

»Können Sie mir erklären, warum Sie an einem Sonntagmorgen in meine Wohnung eindringen, Kommissar Dorilus?«, fragte Azémar.

»Alle Zimmer durchsuchen«, befahl der Kommissar seinen Männern. »Überlassen Sie nichts dem Zufall.«

Er wandte sich mit drohendem Gesichtsausdruck dem Inspektor zu.

»Sie haben sich in eine schlimme Lage gebracht, Inspektor. Wir brauchen nur die Waffe zu finden, mit der Sie Ihre Verbrechen begangen haben, und Sie wandern für den Rest Ihres Lebens ins Gefängnis.«

»Welche Verbrechen?«, fragte Azémar und setzte eine möglichst überraschte Miene auf.

»Der *bòkò* an den Stinkenden Quellen und seine beiden Diener. Es ist bekannt, dass Sie dort waren, Inspektor.«

»Ich war tatsächlich dort«, gab Azémar zu. »Ich habe eine Freundin begleitet, die ihre Tochter abholen musste. Ich habe die Leute nicht gesehen, weil ich im Auto am Straßenrand auf meine Freundin gewartet habe. Sie ist mit ihrem Kind zurückgekommen. Als sie gegangen ist, haben die Leute, von denen sie sprechen, noch gelebt.«

»Mit der Geschichte kommen Sie nicht durch, Inspektor«, frohlockte Kommissar Dorilus. »Das war's für Sie, mein Freund.«

Kommissar Dorilus verabscheute Dieuswalwe Azémar, der manches Mal hinzugezogen worden war, wenn die Spürhunde von der Kriminalpolizei ihre Mühe mit einem Fall hatten. Als großer Opportunist, der an jedem Kuhhandel beteiligt war und sich stets politische Unterstützung sicherte, verachtete er Azémar, dem Ehrungen und materielle Güter so wenig bedeuteten. Er beneidete ihn auch um seine Intelligenz und sein großes professionelles Gespür. Die bloße Existenz von Inspektor Azémar war ihm ein Stachel im Fleisch. Dummheit und Korruption duldeten keine Ehrlichkeit neben sich, auch nicht in Gestalt des Naivlings, zu dem Azémar geworden war. Er musste schlicht und einfach verschwinden, sein soziales und materielles Scheitern genügte nicht.

»Sie haben wohl mit meiner Freundin Marthe Erilien gesprochen. Ich bin sicher, sie hat Ihnen alles gesagt.«

»Sie hat sich an das gehalten, was Sie ihr eingeschärft haben, Inspektor«, antwortete Kommissar Dorilus. »Ich bin nicht von gestern.«

»Dann beeilen Sie sich. Ihre Anwesenheit könnte meine Tochter traumatisieren.«

»Passen Sie auf, was Sie sagen, Inspektor«, brüllte der Kommissar. »Sie sprechen mit einem Vorgesetzten!«

»Vorgesetzter in der Hose!«, brummte Azémar. »Sie taugen gar nichts. Sie wären ja nicht mal in der Lage, einen Elefanten in einem Mehlsack wiederzufinden.«

»Ich erstatte Kommissar Solon, Ihrem unmittelbaren Vorgesetzten, Bericht«, stieß Dorilus zwischen den Zähnen hervor. »Diesmal wird er Sie nicht schützen können.«

Der Inspektor stand auf und ging zu Mireya, die den Tränen nahe war. Die Anwesenheit der bewaffneten Männer, die in der Wohnung das Unterste zuoberst kehrten, verschreckte sie. Sie war wütend, weil die Polizisten ganz offensichtlich ihrem Vater etwas antun wollten.

»Keine Angst, mein Liebling. Der Kommissar sieht böse aus, aber er ist ein guter Kerl. Er ist nur frustriert.«

Dorilus musste sich sichtlich zurückhalten, um nicht handgreiflich gegen den Inspektor zu werden. Die Polizisten durchsuchten die Wohnung bis in den kleinsten Winkel. Azémar verlangte, dass sie anschließend alles wieder in Ordnung brachten, sonst würde er sich bei der zuständigen Stelle beschweren. Kommissar Dorilus kochte vor Wut und starrte finster vor sich hin. Seine Männer hatten nichts gefunden.

»Die Freundin, der Sie angeblich geholfen haben, Inspektor, behauptet, Sie hätten ihr das Geld gegeben, um ihr Kind bei Marasa abzuholen. 15 000 Gourde! Eine hübsche Summe.«

»Sie wollen doch nicht behaupten, dass das für Sie eine große Summe ist«, spottete Azémar. »Und auch wenn Sie mich für einen Versager halten, kann ich ja wohl über 15 000 Gourde verfügen, um einer Freundin zu helfen, die mir teuer ist.«

»Das Geld wurde nicht gefunden«, bemerkte Kommissar Dorilus und sah Azémar starr in die Augen.

»Ein Raubmord«, antwortete Azémar. »Zu dieser naheliegenden Schlussfolgerung müssten auch Sie mit Ihrem bisschen Verstand in der Lage sein.«

»Auch mit meinem bisschen Verstand, Inspektor, ist mir klar, dass nur ein Verrückter wie Sie imstande ist, sich mit einer Macht wie Marasa anzulegen«, schäumte der Kommissar. »Niemand würde es wagen. Wissen Sie, über welche Kräfte der Mann verfügte?«

»Anscheinend haben sie ihm nicht viel genützt«, bemerkte der Inspektor ironisch.

Die Polizisten kamen zum Kommissar zurück.

»Wir haben nur seine Dienstwaffe gefunden, Herr Kommissar. Den regulären Smith & Wesson. Nicht benutzt in der letzten Zeit.«

»Was suchen Sie eigentlich genau?«, fragte der Inspektor spöttisch.

»Durchsuchen Sie ihn«, befahl der Kommissar außer sich.

»Lassen Sie mich zuerst die Kleine absetzen«, sagte Dieuswalwe Azémar.

Sie hatte zu schluchzen begonnen.

»Keine Angst, Liebling. Sie werden bald wieder von hier abhauen. Das bringt Papas Beruf so mit sich, dass er mit bösen Leuten verkehren muss.«

Er hob die Arme in die Höhe.

»Nur zu.«

Kundige Hände tasteten ihn ab.

»Nichts bei sich«, sagte der Polizist, der ihn durchsucht hatte.

Kommissar Dorilus gab dem Inspektor den Smith & Wesson zurück.

»Sie kommen noch dran, Inspektor Azémar. Beten Sie zu Gott, dass es legal geschieht. Man vergreift sich nicht ungestraft an einem Diener der Geister. Sie ziehen den schlimmsten Fluch auf sich.«

»Man zerstört auch nicht ungestraft das Leben eines Kindes«, gab der Inspektor zurück. »Sie ziehen damit ebenfalls den schlimmsten Fluch auf sich.«

Der Kommissar murmelte etwas zwischen den Zähnen. Der Inspektor glaubte das Wort »Ungläubiger« zu hören. Dorilus drohte ihm also auf haitianische Art mit Vergeltung durch schwarze Magie. Das Kommando verließ die Wohnung. Der Inspektor trat ans Fenster und sah, wie der Kommissar in einen brandneuen Nissan mit den Hoheitszeichen der Polizei stieg. Er ging zu Mireya zurück. Sie erschauerte, er nahm sie in den Arm.

»Der Kaffee ist noch warm«, sagte er, als wäre nichts passiert.

* * *

Am Nachmittag brachte der Inspektor Mireya ins Pensionat zurück. Die Direktorin sah er nicht. Sie nahm die wenigen Mädchen, die von einem Wochenende bei ihren Eltern zurückkehrten, normalerweise nicht persönlich in Empfang. Er kritzelte eine Nachricht an Sister Marie-Josée, in der er sie bat, nach dem Armband zu suchen, das Mireya wahrscheinlich im Schlafsaal verloren hatte. Da das Mädchen von der Szene vom Morgen immer noch verängstigt war, suchte der Inspektor sie zu beruhigen, indem er erklärte, dass die Polizeirazzia wohl auf einen Irrtum zurückging. »Alles kommt wieder in Ordnung. Du hast doch Vertrauen zu Papi Dieuswalwe?« Sie klatschte mit ihren kleinen Handflächen gegen die ihres Vaters: »Dieuswalwe mit zwei W, ich vertraue dir. Du wirst die Bösen immer besiegen.« Mit Tränen in den Augen sah er zu, wie sie sich in Begleitung einer grimmig dreinblickenden Aufseherin entfernte. Er verließ das Pensionat erst, als sie in dem langen, schlecht beleuchteten Flur verschwunden war, dessen Wände Bilder von Christus an sämtlichen Kreuzwegstationen bedeckten. Draußen musste er etwa zehn Minuten auf ein Taxi warten, das ihn zu dem Krankenhaus brachte, in dem Doris, Marthes Tochter, lag. Er meldete sich an der Tür, die zu den Krankenzimmern führte. Es war keine Besuchszeit, aber man ließ ihn durch, als er sich auswies. Er begegnete Kommissar Dorilus, flankiert von zwei Polizisten. Sie ignorierten den Gruß des Inspektors. Dieser zuckte mit den Schultern. Er erreichte das Zimmer des Kindes und öffnete die Tür. Drinnen war Marthe, die Mutter. Eine Krankenschwester gab dem Kind eine Spritze.

»Wie geht es ihr?«, fragte der Inspektor.

Die junge Frau schnäuzte sich geräuschvoll, bevor sie antwortete.

»Das Fieber ist gefallen. Der Arzt sagt, sie hat die Behandlung gut vertragen. Sie ist außer Gefahr.«

Sie fiel ihm um den Hals, drückte ihn überschwänglich und brach in Tränen aus.

»Ohne dich wäre sie tot, Dieuswalwe.«

»Beruhige dich, Marthe«, sagte der Inspektor. »Du wusstest es nicht. Du hast für deine Tochter getan, was du für das Beste gehalten hast. Das Wichtigste ist, dass sie gerettet ist.«

Die Krankenschwester verließ wortlos das Zimmer.

»Diese Leute haben gelogen«, schluchzte Marthe. »Sie wollten nur das Geld. Das Leben meiner Tochter hat sie nicht interessiert.«

Der Inspektor machte sich sanft, aber bestimmt von ihr los.

»Ich hoffe, du hast dich an meine Anweisungen gehalten, Marthe. Ich hab gerade Kommissar Dorilus aus dem Krankenhaus kommen sehen.«

»Man sieht, dass dieser Kommissar wütend auf dich ist. Wenn er es nicht schafft, dich mit dieser Sache fertigzumachen, wird er verrückt.«

Dieuswalwe Azémar ließ sich in den Sessel des Zimmers fallen.

»Sie sind heute Morgen, als Mireya da war, bei mir zu Hause aufgekreuzt. Es war ein Schock für sie. Dorilus ist ein Vollidiot. Hat er wirklich geglaubt, ich hätte die Waffe in meiner Wohnung aufbewahrt?«

»Mach dir wegen Mireya keine Sorgen«, beruhigte ihn Marthe und strich ihm tröstend über die Stirn. »Sie ist stärker, als du glaubst. Was machst du heute Abend?«

»Nichts«, antwortete der Inspektor mit einem Seufzer. »Trinken und mich ausruhen.«

»Wenn du willst, bleibe ich bei dir«, sagte sie und küsste ihn auf die Lippen. »Ich hab jemanden, der auf Doris aufpasst.«

Als der Inspektor zum Dienst kam, war es fast zehn Uhr. Er war nur mit Mühe wach geworden. Er hatte zu viel getrunken, und Marthe hatte sich die ganze Nacht hindurch fordernd gezeigt. Ein Taxi zu finden, das bereit war, ihn ins Stadtzentrum mitzunehmen, war nicht einfach gewesen. Noch nie war es in Port-au-Prince so heiß gewesen. Er sagte sich, dass er weniger trinken sollte. Der Alkohol und die Hitze vertrugen sich nicht. Dabei konnte sein Herz draufgehen. Sein Arzt verlangte schon, dass er seine Leber schonte. Aber Dieuswalwe Azémar hatte sich entschieden: Sein Henker würde der Alkohol sein. Wenn er schon eines Tages sterben musste, dann wenigstens an etwas, was ihm Vergnügen bereitet hatte. Ehrlich und konsequent bleiben bis zum Schluss, das war seine Devise.

Eine Sekretärin wünschte ihm mit empörter Miene einen guten Morgen. Der Inspektor war an diesem Morgen tatsächlich in keinem sehr schicklichen Zustand. Er hatte sich nicht rasiert. Seine Haare verlangten dringend nach dem Kamm. Sein Anzug war zerknittert und schmutzig. Er hatte nicht daran gedacht, seine Schuhe putzen zu lassen, und stank mehr als gewöhnlich nach Alkohol. Es lief der Scherz um, dass das Rauchverbot in der Dienststelle eine ausgezeichnete Sicherheitsmaßnahme sei, denn da Inspektor Azémar ständig randvoll mit Alkohol sei, könne jeder Funke eine Explosion auslösen.

Er setzte sich an seinen Arbeitstisch. Das war einer der Momente in seinem Leben, die er am meisten liebte: sich frühmorgens an seinen Schreibtisch zu setzen. Er blieb einige lange Minuten so sitzen, ohne etwas zu tun, und träumte vor sich hin, die Akten aufgestapelt vor sich. Alle Dummköpfe, alle Faulpelze in der Dienststelle und sogar aus den anderen Kommissariaten schickten ihm Akten zum Bearbeiten. Verbrechen, Morde, Entführungen, Vermisstenfälle. Man fragte ihn besonders dann um Rat, wenn ein Fall in den Bereich des Okkulten zu gehören schien. Er hatte etliche Probleme mit Grandezza gelöst. Ein paar Minuten Ruhe und Konzentration, einige kräftige Schlucke *tranpe*, und die Inspiration kam. Er bewahrte immer eine gut gefüllte Flasche in einer Schublade seines Schreibtisches auf, zu der er allein den Schlüssel hatte. Jeden Morgen überprüfte er, ob auch niemand seine Flasche angerührt hatte. Er brachte immer eine Markierung an, um sich zu vergewissern. Vergiftung war das Einzige, was Inspektor Azémar fürchtete. Er lächelte beim Gedanken an die Drohungen von Kommissar Dorilus. Er würde genauer aufpassen und sogar seine Gewohnheiten ändern müssen. Nicht mehr an denselben Orten trinken. In diesem Land, in dem die Armut das gewöhnliche Los war, konnte man jedermanns Dienste für ein paar Gourde kaufen. Jemand, dem man vertraute, konnte einem das tödliche Gift ins Glas schütten.

Er griff gerade nach der ersten Akte auf dem Stapel vor ihm, als sein Handy klingelte. Er schaute auf die Nummer. Sein Herz machte einen Sprung. Seit zwei Jahren und zwei Tagen war diese Nummer nicht mehr auf dem Display erschienen. Er nahm den Anruf entgegen.

»Hallo?«

»Inspektor Azémar? Der Allmächtige möge mir verzeihen! Ich habe nicht zu hoffen gewagt, dass Sie abnehmen.«

Das war die Stimme von Wachtmeister Colin. Eine gedämpfte Stimme. Man hörte seinen Atem. Die Stimme von jemand, der sehr aufgeregt war.

»Was ist los, Wachtmeister Colin? Auf diesen Anruf war ich nicht gefasst.«

»Ich bin seit zwei Tagen untergetaucht. Mit mir passiert etwas, was ich Ihnen am Telefon nicht erklären kann. Ich bitte Sie, Inspektor Azémar, kommen Sie mir zu Hilfe. Nur Sie können mir helfen.«

Colin am anderen Ende der Leitung brach in Schluchzen aus. Er stammelte etwas, was der Inspektor nicht verstehen konnte.

»Reißen Sie sich zusammen, Wachtmeister Colin«, befahl Inspektor Azémar. »Wenn ich Ihnen helfen soll, dann beruhigen Sie sich.«

Einen kurzen Moment lang herrschte Stille. Die Verbindung war nicht unterbrochen. Der Inspektor wartete.

»Sie müssen kommen, Herr Inspektor. Ich kann Ihnen nichts sagen. Wenn Sie nicht kommen, sterbe ich.«

»Wo sind Sie, Wachtmeister Colin?«, fragte er.

Wachtmeister Colin nannte eine Adresse.

»Ich nehme einen Dienstwagen«, sagte der Inspektor. »Mit den Staus müsste ich in dreißig Minuten dort sein.«

»Nein«, wandte Wachtmeister Colin am Telefon ein. »Keinen Dienstwagen. Kommen Sie allein und unauffällig.«

»In was für eine Sache sind Sie reingeraten, Wachtmeister Colin?«

»Sie riskieren nichts, Herr Inspektor. Aber wenn Sie nicht kommen, kann niemand mir helfen. Mir bleibt nur noch wenig Zeit.«

»Ich nehme ein Taxi unter der Bedingung, dass Sie die Fahrt bezahlen«, schnauzte der Inspektor. »Ich bin hier der Versager, ich habe kein Geld.«

»Ich warte auf Sie, Herr Inspektor. Möge der Allmächtige mit Ihnen sein!«

Wachtmeister Colin legte auf. »Er hat auch noch die Dreistigkeit, den Allmächtigen ins Spiel zu bringen«, schimpfte der Inspektor. Er überlegte einen Moment. Wachtmeister Colin steckte gewaltig in der Klemme, so viel stand fest. Eine Falle? Colin war dem Druck dieser verdorbenen Gesellschaft erlegen und vor allem dem Druck, den Frauen oft auf Männer ausüben, damit sie Geld, viel mehr Geld nach Hause bringen. Aber er glaubte nicht, dass Colin so weit gehen würde, sich an einem Mordkomplott gegen ihn, Inspektor Dieuswalwe Azémar, zu beteiligen. Er kam zu dem Schluss, dass es unvorsichtig wäre, die Zweiundzwanziger Automatik, die er Madame Baptiste anvertraut hatte, jetzt wieder an sich zu nehmen. Er würde nur mit seiner Dienstwaffe zu Colin gehen. Als er gerade aufstand, trat sein Vorgesetzter, Kommissar Solon, ohne anzuklopfen ein. Es war nicht üblich, dass der große Chef der Dienststelle sich bis hierher begab.

»Herr Kommissar!«, rief der Inspektor im Aufstehen aus und erstarrte zu dem vorschriftsmäßigen Gruß.

»Rühren, Inspektor«, sagte der Kommissar trocken. »Setzen Sie sich und sagen Sie mir, was los ist.«

»Was soll los sein, Herr Kommissar?«, fragte er, indem er gehorchte.

»Ich habe keine Zeit zu verlieren, Inspektor. Ich habe gerade einen ersten Bericht von der Kripo bekommen. Anscheinend sind Sie in diese Mordsache bei den Stinkenden Quellen verwickelt.«

»Das ist ein Manöver von Kommissar Dorilus«, protestierte Inspektor Azémar.

»Waren Sie bei den Stinkenden Quellen oder nicht?«

»Ich erkläre es Ihnen ...«

»Das will ich Ihnen auch raten«, brummte der Kommissar.

Er öffnete eine neue Schachtel *Comme il faut*, entnahm ihr eine Zigarette und setzte sie an die Lippen. Als Einziger erlaubte er es sich, in den Diensträumen zu rauchen. Er griff nach seinem Feuerzeug. Dieuswalwe

Azémar schloss die Augen in Erwartung der verheerenden Flamme. All die Scherze hatten ihn traumatisiert.

»Keine Angst, Inspektor«, spottete der Kommissar, »Sie werden nicht explodieren. Der Alkohol wird im menschlichen Körper abgebaut.«

»Entschuldigen Sie«, antwortete er, während ihm plötzlich der Schweiß ausbrach.

»Ich höre«, donnerte der Kommissar.

»Vor fünf Tagen kam Marthe Erilien, eine Freundin, die ich einige Monate nicht gesehen hatte, zu Besuch. Ich sollte ihr 15 000 Gourde leihen, damit sie ihre Tochter zurückkaufen konnte.«

»Ihre Tochter zurückkaufen? Was soll das heißen?«

»Ihre Tochter litt an heftigem Fieber. Auf den Rat von Verwandten und Nachbarn hat sie sie zu dem Magier gebracht, der unter dem Namen Marasa bekannt war. Er hat einen Verkauf diagnostiziert.«

»Einen Verkauf?«

»Ja. Die Seele des Kindes soll an eine *sosyete** verkauft worden sein. Marasa hat großzügig einen der Leiter der *sosyete* holen lassen, der bereit war, den Kauf für 15 000 Gourde rückgängig zu machen.«

»Machen Sie sich lustig über mich, Inspektor?«, fragte der Kommissar verblüfft.

»Sie waren zu lange in den USA, Herr Kommissar«, bemerkte Dieuswalwe Azémar. »Sie verlieren die Realitäten unseres Landes aus den Augen. Ich erzähle Ihnen die reine Wahrheit.«

»Das Weitere kann ich mir leicht denken. Anstatt dieser Frau einfach das Geld zu geben, legen Sie Ihr Rächergewand an und begleiten sie zu dem Magier. Sie wollen nicht, dass sie zahlt. Sie verlangen, dass man ihr das Kind übergibt. Marasa weigert sich. Sie spielen den Pistolero.«

»Lassen Sie mich meine Version erzählen, die Kommissar Dorilus sicher in seinen Bericht aufgenommen hat«, schlug Inspektor Azémar vorsichtig vor.

»Diese Version kenne ich«, seufzte Kommissar Solon. »Sie begleiten die Frau. Sie warten am Straßenrand auf sie. Sie bezahlt Marasa, der ihr das Kind übergibt. Sie gesellt sich zu Ihnen und lässt den Magier lebend zurück. Marasa und seine zwei Diener sollen nach ihrem Weggang erschossen worden sein. Es handelt sich um einen Raubmord, denn das Geld wurde nicht gefunden.«

»Kommissar Dorilus behauptet, wegen seines Rufs als mächtiger *bòkò* würde niemand sich an Marasa vergreifen«, gab Dieuswalwe Azémar zu bedenken.

»Aber für einen Ungläubigen wie Sie ist das nicht unmöglich«, bemerkte der Kommissar. »Darf ich Ihnen eine Frage stellen, Inspektor Azémar?«

»Ja, Herr Kommissar.«

»Wenn man Marasa das Geld einfach gegeben hätte? Hätte er das Kind nicht heilen können?«

»Soll man die Geschäfte von diesen Banditen auch noch fördern, Herr Kommissar?«

»Wenn man Marasa das Geld gegeben hätte, einfach nur, damit das Kind gehen kann. Damit es woanders behandelt wird. Was wäre passiert?«

Diesmal sah der Inspektor seinem Vorgesetzten direkt in die Augen.

»Diese Schurken beziehen ihre Macht aus der Angst, Herr Kommissar, daraus, dass alle glauben, sie seien mächtig. Sie hätten das Geld genommen und das Kind auf die eine oder andere Weise vergiftet. Es wäre gestorben. Man hätte die Mutter getadelt, weil sie sich nicht an das Gesetz gehalten hat, und diese Kakerlaken hätten sich den Ruf bewahrt, jedem schaden zu können.«

Der Kommissar warf seine Zigarette auf den Boden und trat sie mit dem Absatz aus.

»Ich halte mich an Ihre Version, Inspektor Azémar. Weil Sie es sind. Sie sind ein Spinner, aber ein verdammt guter Polizist. In einem anderen Land, in dem es weniger korruptes Pack und weniger Ignoranten gibt, hätten Sie wahre Wunder vollbracht.«

»Danke, Herr Kommissar.«

Der Kommissar blieb auf dem Weg zur Tür plötzlich stehen, als hätte er etwas vergessen.

»Haben Sie Neuigkeiten von ihrem Ex-Mitarbeiter Wachtmeister Colin?«

Inspektor Azémar ließ sich seine Überraschung nicht anmerken.

»Nein. Ist ihm etwas passiert?«

»Nicht ihm, aber Kommissar Biljoin, mit dem er gearbeitet haben soll. Sie wissen sicher Bescheid. Die ganze Polizeidirektion steht Kopf. Biljoin wurde gestern ermordet aufgefunden, nackt auf einem Müllhaufen, von Kugeln durchsiebt. Die Schweine hatten die Leiche anscheinend schon angefressen. Wachtmeister Colin wird gesucht, weil man ihm ein paar Fragen stellen will, aber er ist unauffindbar.«

»Glaubt man etwa, dass er in den Mord verwickelt ist?«

»Man weiß es nicht, Inspektor. Einige Polizisten sagen, dass der Kommissar und Wachtmeister Colin am Freitagnachmittag einen heftigen Streit hatten. Das war das letzte Mal, dass man sie zusammen gesehen hat, jedenfalls im Dienst.«

»Weiß man, warum sie Krach miteinander bekommen haben?«

»Niemand will darüber sprechen. Wahrscheinlich ging es um die Aufteilung von Zaster. Wir leben in einem Land, das schon immer ein Schlupfwinkel von Freibeutern und Gesetzlosen jeglicher Couleur gewesen ist. Wer weiß? Ich glaube, Inspektor, es ist bald Zeit für mich, in einen mehr als vorzeitigen Ruhestand zu treten. Wir haben die wenigen Orientierungspunkte verloren, die wir noch hatten. Im Moment steuere ich zwischen den Riffen hindurch, aber vielleicht erleide ich schon morgen Schiffbruch.«

Der Kommissar verließ mit finsterer Miene das Zimmer. Inspektor Azémar griff sich seine Waffe vom Tisch. Er musste wenigstens erfahren, was Wachtmeister Colin passiert war.

* * *

Auf der Avenue John Brown herrschte ein mörderischer Stau. Ein mit Sand beladener Lastwagen war mitten auf der Straße liegen geblieben. Aus der geöffneten Motorhaube drang schwarzer Rauch und der Dampf von kochendem Wasser. Kinder liefen zwischen den Autoschlangen hindurch und boten eisgekühltes Wasser in Plastikflaschen an. Passanten hofften, schwitzend unter der bleiernen Sonne, auf einen Platz in einem Bus. Die Bürgersteige wimmelten von Händlern. Gebrauchte, frisch aus Miami eingetroffene Kleidung, elektrische und elektronische Geräte, extravagante Brillen, Süßigkeiten, Essen, Früchte usw. Die Stadtverwaltung riss die Hütten ab, um die Bürgersteige zu verbreitern, was den Kleinhändlern höchst gelegen kam.

Die Autos rückten wieder im Schneckentempo vor. Das ganze Feuer der Sonne konzentrierte sich auf die verbeulte Karosserie des Taxis, das der Inspektor für einen in seinen Augen horrenden Preis gemietet hatte. 500 Gourde! Aber da Wachtmeister Colin zahlte, kümmerte es ihn nicht allzu sehr. Was ihn beunruhigte, war die Zeit, die er in diesem Stau verlor, und vor allem diese unbarmherzige Hitze. »Ich muss wenigstens versuchen, nur nachts zu trinken«, dachte er sich. Aber es war ein leeres Versprechen, genauso wie sein Vorsatz, eine Entziehungskur zu machen. Wie sollte er ohne Alkohol durchhalten? Ein Strom von Fahrzeugen zwängte sich durch die Engstelle an dem Lastwagen, aus dem nun schwärzliches Öl auf den Asphalt floss. Der Fahrer schaltete das Radio ein. Es wurden Nachrichten auf Kreolisch gesendet. Ein Journalist interviewte einen *tap-tap**-Chauffeur. Dieser erzählte, er habe sich am Samstag im Morgengrauen plötzlich einem Werwolf gegenübergesehen, der eine Pistole auf ihn gerichtet habe. »Ein Werwolf«, erklärte der Chauffeur, der sichtlich noch unter Schock stand, in das Mikrofon des Journalisten. »Er war halb Mensch, halb Schwein und voller Blut. Die Blutflecken können Sie noch heute auf der vorderen Sitzbank sehen. Er verlangte, dass ich ihn in die Oberstadt fahre. Fragen Sie mich nicht, wohin. Ich hatte meinen guten Engel* nicht mehr. Jesus hat mich beschützt, das schwöre ich Ihnen. Er hat mich anhalten lassen, die Tür geöffnet und ist aus dem Auto gesprungen. Ich bin losgefahren und wie ein Verrückter durch Port-au-Prince gerast, ohne zu wissen, wohin ich fuhr. Die Sonne hat mir meinen guten Engel zurückgegeben.«

»Ein Werwolf, der einen Bürger mit einer Waffe bedroht!«, rief der Fahrer kopfschüttelnd und mit vollkommen ernstem Gesicht aus. »Das ist nicht normal. Zu meiner Zeit haben die Werwölfe nur ihre Zauberkräfte eingesetzt. Ich sag's Ihnen, eines Tages werden in diesem Land die Uhren rückwärts laufen.«

Dem Inspektor gefiel das Bild, das der Fahrer gebraucht hatte, aber er hütete sich, in das Gespräch einzugreifen. Er war nur über den Anruf von Wachtmeister Colin besorgt. Der junge Kerl hatte sicher in ein übles Wespennest gestochen. Gegen seinen Willen und allem Groll zum Trotz empfand er immer noch Zuneigung zu ihm. »Dieuswalwe«, tadelte er sich, »du warst zum ehrbaren Familienvater geboren. Nicht zu diesem gescheiterten, lasterhaften Polizisten und Alkoholiker, zu dem du geworden bist. Und jetzt hast du, ohne auch nur zu wissen, was genau los ist, beschlossen, jemandem zu Hilfe zu kommen, der dich einmal geringschätzig behandelt hat.« Ein Stoß des Taxis, das durch ein großes Schlagloch fuhr, riss ihn aus seinen Überlegungen. Das Auto beschleunigte, um den Bourdon-Hügel hinaufzufahren.

Eine Stunde war vergangen, seit der Inspektor das Büro verlassen hatte. Er dachte an Kommissar Biljoin, der unter schändlichen Umständen tot aufgefunden worden war. Welche Verbindung bestand zu Wachtmeister Colin? Irgendeine bestimmt. Der Anruf seines ehemaligen Mitarbeiters konnte kein Zufall sein. Das Wenige, was der Inspektor über den Mord an dem Kommissar gehört hatte, brachte ihn zu dem Schluss, dass es sich um eine Hinrichtung handeln musste. Eine Abrechnung. Der Kommissar hatte einen Fehler begangen, den die Gang nicht verzieh, oder er hatte bestimmte Anweisungen nicht befolgt. Wenn ein Mensch am tiefsten gesunken ist, kommt es vor, dass sich seine Würde noch einmal aufbäumt. Oft bezahlt er sehr teuer dafür, und dann kann nur noch Gott dieses Aufwallen der Menschlichkeit berücksichtigen. Dies war der Grund, warum Dieuswalwe Azémar eine gewisse Spiritualität kultivierte. Die Welt ist nicht sinnlos, sagte er sich oft. Die Existenz der physikalischen Gesetze, die das Universum regieren, war der Beweis dafür. Logischerweise konnte das Chaos keine Ordnung hervorbringen. Der Materialismus war nur ein dummes geistiges Konstrukt, Frucht des vermessenen Hochmuts der Menschen.

Das Taxi bog nach rechts auf einen unbefestigten Weg ab, der ins Tal führte. Der Inspektor bewunderte schöne Häuser, vor denen Geländewagen mit dem Zeichen der Vereinten Nationen standen. Die Ruhe, die hier herrschte, stand im Gegensatz zu der fieberhaften Geschäftigkeit auf der ganz nah gelegenen Avenue.

»Hier ist es«, sagte der Inspektor, als er die von Wachtmeister Colin angegebene Hausnummer erblickte. »Parken Sie hier und warten Sie auf mich.«

»Das macht 500 Gourde«, erinnerte ihn der Chauffeur. »Nach den vereinbarten dreißig Minuten Wartezeit berechne ich für jede Minute fünf Gourde Aufpreis.«

Das Taxi hielt. Der Inspektor stieg aus und ging auf das halbfertige Gebäude zu. Es war von einer Betonmauer umgeben, über die scharfer Stacheldraht gespannt war. Das Gitter war verschlossen. Dieuswalwe bemerkte eine Klingel mit Sprechanlage. Er läutete. Sofort ertönte eine Stimme im Apparat. Die Stimme von Wachtmeister Colin.

»Wer ist da?«

»Der, den Sie erwarten«, antwortete Dieuswalwe Azémar und musterte dabei den Ort misstrauisch.

Der Inspektor hörte, wie Wachtmeister Colin erleichtert aufseufzte.

»Ich habe schon gefürchtet, dass Sie nicht kommen, Herr Inspektor.

Ich öffne Ihnen das Tor. Schließen Sie es hinter sich. Die Eingangstür ist offen. Folgen Sie den Hinweisen.«

Ein Summen zeigte dem Inspektor an, dass der Weg frei war. Er drückte das Tor auf, trat ein und schloss es wieder. Mit raschen Schritten ging er auf dem betonierten Weg auf das Haus zu. Niemand zu sehen. Dennoch entschied er sich, seine Waffe durchzuladen. Auf dem Treppenabsatz blieb er einen Moment stehen und versuchte, eine wie auch immer geartete Bedrohung auszumachen. Er drückte auf die Klinke der Eingangstür, die lautlos aufging, und betrat einen finsteren Raum, in dem nur eine schwache Glühbirne leuchtete. Er nahm seine dunkle Brille ab und steckte sie in eine Tasche seiner Jacke. An einer hölzernen Treppe war ein Stück Pappe befestigt. »Nach oben« stand da mit schwarzem Filzstift. »Was soll das?«, fragte sich der Inspektor. Er stieg die Treppe hinauf. Das Haus wirkte leer. Die Wände waren kahl. Es war ein altes Haus, das gerade renoviert wurde. Nach dem Geruch zu schließen, war frisch gestrichen. Als er im Obergeschoss ankam, sah der Inspektor einen Pfeil auf einem weiteren Stück Pappe, das an die Wand geklebt war. Er wies auf eine Tür. Der Inspektor ging vorsichtig darauf zu.

»Wachtmeister Colin«, rief er. »Was für ein Spiel treiben Sie hier?«

»Kommen Sie herein!«, befahl Wachtmeister Colin.

Der Inspektor trat näher. Er öffnete vorsichtig die Tür und fand sich in einem dunklen Zimmer wieder. Er blieb aufrecht und regungslos stehen, bis seine Augen sich an die Dunkelheit gewöhnten. Der Inspektor versuchte, Licht zu machen, indem er auf den Schalter neben der Tür drückte. Nichts.

»Bleiben Sie, wo Sie sind, Herr Inspektor«, warnte eine Stimme, die Stimme von Wachtmeister Colin. »Kommen Sie nicht näher.«

Der Inspektor blieb stehen. Im dunklen Hintergrund des Zimmers bewegte sich ein Schatten hinter einem Tisch.

»Warum sitzen Sie im Dunkeln, Wachtmeister Colin?«

»Weil ich nicht verstehe, Inspektor Azémar. Schon seit zwei Tagen versuche ich zu verstehen.«

»Was verstehen Sie nicht?«

»Was mir passiert ist«, antwortete Colin schluchzend mit heiserer Stimme.

»Was ist Ihnen passiert? Sie sollten sich beeilen. Unten wartet ein Taxi für 500 Gourde auf mich. Wenn dreißig Minuten vorbei sind, kostet es pro Minute fünf Gourde Aufpreis.«

»Ich habe mir gedacht, dass Sie meine letzte Chance sind, Herr Inspektor. Sonst hätte ich mich umgebracht.«

»Wenn ich Ihnen helfen soll, muss ich wissen, was mit Ihnen los ist. Warum bleiben Sie die ganze Zeit im Dunkeln?«

Wachtmeister Colin begann erneut zu schluchzen.

»Haben Sie Mitleid mit mir, Herr Inspektor. Wenn Gott mich schon verurteilt, dann seien wenigstens Sie nachsichtig.«

»Ich hab jetzt die Schnauze voll«, sagte der Inspektor. »Sagen Sie mir, was Sie haben, oder geben Sie mir die 500 Gourde für das Taxi, damit ich von hier abhauen kann. Sie haben es geschafft, Wachtmeister Colin, also nerven Sie mich jetzt nicht.«

Wachtmeister Colin hörte auf, im Dunkeln zu jammern. Der Inspektor, dessen Augen sich allmählich an die Finsternis gewöhnten, musterte das Zimmer. Die Fenster des großen Raumes waren geschlossen, die Vorhänge zugezogen. Möbel, Bücher und Hausrat standen ungeordnet herum. Links von ihm befand sich ein großes Himmelbett. Ein Schleier hing von der Decke, an der ein riesiger Kronleuchter baumelte. Das gesamte hier abgestellte Mobiliar war sehr wertvoll. In dem Spiegel einer Kommode gegenüber dem Bett konnte der Inspektor sein Bild erahnen.

»Ich schalte die Lampe auf dem Tisch ein, Herr Inspektor. Ich flehe Sie an, kommen Sie nicht näher. Nur einen Moment, damit Sie sehen, was los ist.«

Der Inspektor hörte einen Seufzer und ein unterdrücktes Schluchzen, dann knipste Wachtmeister Colin die Lampe auf dem Tisch an. Dieuswalwe Azémar wich mit einem entsetzten Schrei zurück. Es war Wachtmeister Colin, er erkannte ihn. Aber er hatte lauter Haare im Gesicht. Er hatte Schweineohren und anstelle des Mundes einen Rüssel. Er war am Kopf verletzt; auf seiner Stirn war geronnenes Blut zu sehen. Wachtmeister Colin löschte das Licht. Der Inspektor konnte sich nur schwer auf den Beinen halten. Sein ganzer Körper wurde von Krämpfen geschüttelt. Nein, er war keiner Halluzination aufgesessen! Seit langem schon hatte er seine alkoholischen Verirrungen im Griff. Der *tranpe* machte ihn klarsichtiger und erleichterte es ihm, seinen Blick und seinen Verstand über die unmittelbare Wirklichkeit hinaus auf die Wahrheiten zu richten, die den gewöhnlichen Sterblichen entgehen.

Besonders frappiert war er von der realen Macht des Mädchens, das eines Tages die Kirchenglocken von La Brésilienne zum Verstummen gebracht hatte. Er hatte das Phänomen niemals erklären können. Wenn er Mireya dazu befragte, sagte sie einfach, die Glocken hätten ihr Kopfschmerzen bereitet. Der Inspektor schloss daraus, dass die Kleine sich ihrer Kräfte nicht bewusst war. Vielleicht war es für sie besser so. Ein kranker Gedanke wandelte ihn an: Lag bereits der Fluch auf ihm, mit dem ihm Kommissar Dorilus gedroht hatte? Die Ereignisse waren in dem Moment ins Rollen gekommen, als er mit Marthe die Höhle des *bòkò* betreten hatte.

»Wie ist das passiert?«, fragte der Inspektor und beherrschte mit Mühe das Zittern seiner Stimme.

»Ich weiß es nicht, Herr Inspektor ... Ich erinnere mich an kaum etwas.«

»Wenn ich Ihnen helfen soll, dann müssen Sie auch mit mir reden, Wachtmeister Colin.«

»Ich weiß es nicht, Herr Inspektor. Ich erinnere mich nur, dass ich hier angekommen bin. Ich hatte diese Kopfverletzung. Ich habe geblutet und war müde, ausgelaugt. Ich bin eingeschlafen und in diesem Zustand wieder aufgewacht. In meinem Gedächtnis war alles verschwommen. Ich habe wirklich Panik bekommen. Ich bin hier geblieben und habe Psalmen aufgesagt. Dann sind Sie mir eingefallen. Ich habe mir gedacht, dass Sie es vielleicht verstehen könnten. Also habe ich Sie angerufen.«

Inspektor Azémar kannte Wachtmeister Colin gut. Vorläufig log der junge Mann nicht.

»Was ist das Letzte, woran Sie sich erinnern?«, fragte der Inspektor, der mit einem Mal seine Spürhundreflexe wiederfand.

»In meinem Kopf dreht sich alles wie ein Karussell. Die Bilder sind total verworren.«

»Strengen Sie sich an! Ich brauche etwas Konkretes, wenn ich Ihnen helfen soll.«

Wachtmeister Colin atmete schneller. Inspektor Azémar sah im Dunkeln, wie er sich in der Pose eines völlig Entmutigten den Kopf mit beiden Händen hielt.

»Ich erinnere mich, dass ich einen Koffer zu einer Adresse in Delmas bringen musste. Einen großen Koffer.«

»Für wen war dieser Koffer, Wachtmeister Colin? Was enthielt er?«

»Bitte, Herr Inspektor«, stöhnte Wachtmeister Colin, »bitte.«

»Es ist zu spät zum Jammern, Colin. Wenn ich verstehen soll, was mit Ihnen passiert ist, dann will ich alles wissen. Ich kombiniere einmal, dass es keine Drogen waren, denn Ihr Zustand hat nichts mit Drogen zu tun.«

Der Inspektor hörte Colins abgehackten Atem im Dunkeln.

»Es waren keine Drogen, Herr Inspektor. Der Kommissar und ich hatten beschlossen, uns aus dem Geschäft zurückzuziehen. Die Sache wurde gefährlich. Der Kommissar hat mir etwas anderes vorgeschlagen. Etwas Ruhigeres.«

Der Inspektor konnte es nicht fassen. So konnte also eine Gesellschaft einen jungen Mann, der zu Beginn voller Leben, voller Hoffnung und voller gutem Willen gewesen war, zu einem solchen menschlichen Wrack machen. Denn schließlich und endlich, schloss der Inspektor, waren sie die Wracks und die Versager. Sie, die nur dem Aussehen nach Menschen waren. Wirbellose. Regenwürmer. Monströse Kreaturen, die die größten Schrecken der Finsternis bewachten.

»Was hat er Ihnen vorgeschlagen?«

»Ich weiß es nicht. Ich erinnere mich nicht. In meinem Kopf geht alles durcheinander. Alles. Es hatte etwas mit Experimenten zu tun ... so etwas in der Art ...«

»Mit welcher Sorte Experimente?«, fragte der Inspektor erschrocken.

»Der Kommissar wusste auch nicht mehr darüber als ich, Herr Inspektor, das kann ich Ihnen versichern. Ihn interessierte sowieso nur das Geld. Wir mussten nur für die Sicherheit der Lieferungen sorgen. Um nicht die Aufmerksamkeit der FBI-Agenten zu erregen, die sich bestimmt in Haiti aufhalten.«

Er hielt inne, um einen weiteren Schluchzer zu unterdrücken.

»Ich wollte nicht, Herr Inspektor. Aber was sollte ich tun? Meine Frau hat gedroht, mich zu verlassen. Meine und ihre Familie hatten hohe Erwartungen an mich.«

Der Inspektor unterbrach ihn brüsk.

»Ihr Gejammer interessiert mich nicht, Colin. Ich will verstehen. Was waren das für Experimente?«

»Nach dem Wenigen, was ich erfahren habe, waren es Experimente, die in den USA wegen der dortigen Vorschriften zu lange dauern würden. Medizinische Experimente an Tieren. Insbesondere an Schweinen.«

»Und was waren das für Lieferungen?«

»Ich weiß nicht. Der Kommissar hatte verstanden, dass die Ergebnisse der Versuche übermittelt werden mussten, ohne Verdacht zu erregen. Auf unkonventionellen Wegen.«

»Wohin haben Sie geliefert?«

»Immer an unterschiedliche Orte. Aber in meinem Kopf ist alles verquer, Herr Inspektor, alles ...«

»Mich interessiert die letzte Lieferadresse ... Versuchen Sie, sich zu erinnern.«

»Ich erinnere mich«, antwortete Wachtmeister Colin aufatmend.

Der Inspektor prägte sich die Adresse ein, die Colin ihm nannte. Er war nun überzeugt, dass Wachtmeister Colin ihm nicht die ganze Wahrheit sagte. Irgendetwas verschwieg er, es sei denn, er hatte wirklich einen großen Teil seines Gedächtnisses verloren.

»Erinnern Sie sich nicht, wo Sie sich verletzt haben, Wachtmeister Colin?«

»Nein, Herr Inspektor.«

»Ist das nicht eine Schussverletzung?«

»Ich schwör's Ihnen, Herr Inspektor, ich weiß nur, dass ich mich hierher geschleppt habe. Ich bin völlig erschöpft eingeschlafen und so aufgewacht, wie ich bin.«

»Wissen Sie, dass Kommissar Biljoin ermordet aufgefunden wurde?«

Wachtmeister Colin sagte nichts. Der Inspektor spürte, dass die Nachricht seinem früheren Mitarbeiter einen Schlag versetzt hatte.

»Vor drei Tagen haben Sie sich mit ihm gestritten. Nach dem, was man erfahren hat, war es eine heftige Auseinandersetzung. Die Kriminalpolizei würde Sie gern befragen. Warum haben Sie Streit bekommen?«

»Ich wollte mit alldem aufhören«, sagte Wachtmeister Colin. »Er nicht.«

Seine Stimme klang falsch. »Er sagt mir nicht die Wahrheit«, dachte der Inspektor. »Er sagt mir nur das Nötigste.«

»Wer hat ihn dann umgebracht? Sie?«

»Sie kennen mich gut genug, Herr Inspektor ...«

Der Inspektor schnitt ihm das Wort ab.

»Ich habe geglaubt, Sie zu kennen, Colin. Bei Ihnen wundert mich gar nichts mehr.«

»Ich habe Kommissar Biljoin nicht getötet. Sie sind auch hinter mir her.«

»Wer?«

»Ich weiß es nicht. Ich sage Ihnen doch, dass mein Gedächtnis vernebelt ist. Das liegt bestimmt an dieser Kopfwunde.«

»Sie müssen ins Krankenhaus«, riet ihm Inspektor Azémar.

»In meinem Zustand, halb Mensch, halb Schwein? Wo denken Sie hin!«

Er begann zu schreien:

»Ich kann nicht so bleiben, Herr Inspektor! Ich bitte Sie! Helfen Sie mir zu verstehen!«

»Weiß jemand, dass Sie hier sind?«, fragte der Inspektor.

»Nein«, antwortete Wachtmeister Colin. »Nicht einmal meine Frau. Ein Freund hat mir vor einer Woche die Schlüssel von diesem Haus anvertraut, weil er ins Ausland musste. Deswegen bin ich hier. Ich bitte Sie, Herr Inspektor. Informieren Sie weder meine Frau noch meine Familie über meine Lage.«

Der Inspektor sagte nichts. Er dachte nach. Über die unglaubliche Hellsichtigkeit von Mireya. Diese Geschichte schien verworren! Er wusste nicht, warum, aber sein sechster Sinn sagte ihm, dass er sich beeilen musste. Mit einem Mal überkam ihn Angst und schnürte ihm die Eingeweide zusammen. Angst, dass das, was Colin passiert war, ansteckend sein könnte? Er lachte über sich selbst. Er war nicht korrupt, aber verlieh ihm das bereits eine gewisse Immunität?

»Was wollen Sie tun, Herr Inspektor?«, erkundigte sich Wachtmeister Colin.

»Zu der Adresse fahren, die Sie mir gegeben haben.«

»Verlieren Sie keine Zeit, Herr Inspektor«, beschwor ihn Colin.

Sein früherer Mitarbeiter klang so verschreckt, dass der Inspektor sich wunderte.

»Was ist denn noch?«

»Mit jeder Stunde, die vergeht, Herr Inspektor ...«

Er sprach leiser. Der Rest drang aus einem neuerlichen Schluchzen an das Ohr des Inspektors:

»... verwandele ich mich etwas mehr in ein Schwein.«

»Geben Sie mir das Geld für das Taxi!«, sagte der Inspektor. »Und ich brauche noch mehr Geld, wenn ich versuchen soll, Sie aus dieser Scheiße herauszuholen! Das wird Sie lehren, mich für einen Versager zu halten!«

»Gerade noch rechtzeitig«, rief der Fahrer und nahm die Uhr, die er auf dem Lenkrad abgelegt hatte, wieder an sich.

Inspektor Azémar öffnete die Tür und nahm erneut auf dem Vordersitz Platz. Er gab die neue Adresse an, zu der er fahren wollte. Der Fahrer startete ohne ein Wort. Bald befanden sie sich wieder in der erstickenden Hitze der Staus. Das Gehirn des Inspektors funktionierte schlecht und recht. Bald würde er unter dem Alkoholentzug leiden. Die Flasche in seiner Jackentasche war leer. Der Schweiß ließ ihm das Hemd am Leib kleben, und der Körpergeruch zusammen mit dem Alkohol wurde ihm widerlich. Die Sonne würde noch stundenlang verbissen auf die Stadt niederbrennen, als wollte sie sie von all dem Unrat reinigen, der sich an den Straßenecken ansammelte. Die Tage wurden nun zu lang und die Nächte zu kurz. Ein Vorgeschmack auf die Hölle, dachte er. Mireya kam ihm in den Sinn. Was tat sie gerade? Im Moment saß sie wohl unter den wachsamen Augen der Aufseherinnen beim Abendessen im Speisesaal. Er mochte diese Evangelikalen nicht, aber er musste zugeben, dass sie in diesem sich selbst überlassenen Land bisweilen gute Arbeit leisteten. Er überprüfte persönlich die Schularbeiten seiner Tochter. Das Programm des Pensionats trug Früchte; in diesem Punkt konnte er sich nicht beklagen. Da war nur diese Direktorin, die eine Abneigung gegen ihn hatte, gelegentlich zu Recht. Ihre Beschimpfungen waren wohl nur ein Vorwand, damit er sein Verhalten änderte oder sogar Christus als seinen persönlichen Erlöser akzeptierte. »Ich bin, was ich bin«, schloss er. »Ich kann nur leben, weil ich bin, was ich bin. Erst der Tod wird mich von der Last dieses Landes befreien. Erst der Tod wird mich von der Beschmutzung befreien, die ich in mir trage, seit ich aus dem Bauch meiner Mutter herausgekommen bin. Erst der Tod wird mich aus diesem Sarkophag voll Leid herausholen. Ich lebe jeden Tag damit, dass meine Träume auf den Bürgersteigen einer Stadt zertreten und zerfetzt werden, die in ihrer fleischfressenden Gier nur noch Herden von ausgehungerten Gespenstern verschlingt. Ich lebe mit den Füßen in dem klebrigen Geifer der Münder, in denen die Mörder ihre verkehrten Träume führen. Ich habe mein Gesicht nicht verhüllt, und meine Augen betrachten nur noch eine Ebene voller Trümmer und Unrat.«

»Hier muss es sein«, sagte der Fahrer plötzlich.

Er war von der von *tap-tap* dicht bevölkerten Avenue in eine staubige Straße abgebogen. Sie waren nun mitten in dem großen Viertel, aus dem eine andere Stadt hätte entstehen können. Ein modernes Port-au-Prince mit sauberen, sinnvoll geführten Straßen. Der Appetit der Machthaber hatte indessen eine neue städtebauliche Chaoszone hervorgebracht, in der es keine Bürgersteige gab und die Straßen angelegt wurden und wieder verschwanden, je nachdem, für welche Bauten man gerade der Erde den Bauch aufschlitzte. Der Inspektor befahl dem Fahrer anzuhalten. Er bezahlte. Der Fahrer grüßte ihn mit einer Handbewegung und fuhr in einer Staubwolke davon.

Dieuswalwe Azémar entdeckte das Haus, von dem Wachtmeister Colin gesprochen hatte. Eine Scheußlichkeit aus Beton, wie sie die Haitianer, vor allem solche, die in Nordamerika zu Geld gekommen sind, gern bauen lassen. Architektonische Sammelsurien, die nur dazu dienen, seinen Zaster zur Schau zu stellen und sich einen Anschein von Sicherheit zu geben. Eine mit Stacheldraht und Flaschenscherben bewehrte Mauer umgab das Anwesen. Kein Baum. Unter der bleiernen Sonne ähnelte der Bau einem riesigen Ofen. Der Inspektor sah kein Auto im Hof. Das Haus schien leer, abgesehen von dem Wächter, der in seinem Häuschen schlummerte, den Kopf gegen den Lauf einer Flinte Kaliber zwölf gelehnt. Er ging um das Grundstück herum und überlegte. An einer Straßenecke sah er Koffer, die auf dem Bürgersteig zum Verkauf standen. Er ging zu der Händlerin und hielt ihr seine Polizeimarke unter die Nase.

»Ordnungsamt! Ich beschlagnahme Ihre Ware!«

Die dicke Frau riss Augen und Mund auf und versuchte zu schreien, aber ihre Stimmbänder waren wie gelähmt vor Verzweiflung. Der schlimmste Albtraum der Kleinhändler, die unaufhaltsam die Bürgersteige der Stadt besetzten, waren die spontanen Razzien des Ordnungsamts. Dessen Mitarbeiter konfiszierten die Waren, welche anschließend von ihren eigenen Frauen auf der Straße weiterverkauft wurden.

»Ich bitte Sie«, jammerte die Händlerin. »Ich habe nur diesen Handel, um meine Kinder zu ernähren. Da stecken meine ganzen Ersparnisse drin.«

Leute näherten sich. Dieuswalwe Azémar ließ seinen Smith & Wesson sehen.

»Für diesmal lasse ich's gut sein. Melden Sie Ihr Gewerbe beim Ordnungsamt an. Für meine Bemühungen beschlagnahme ich einen Koffer.«

Inspektor Azémar nahm einen Koffer und entfernte sich unter den Dankesbezeigungen der Händlerin, die heilfroh war, so billig davonzukommen. Da sie das Glück an diesem Tag nicht noch einmal herausfordern wollte, beeilte sie sich, mit der Hilfe einer anderen Frau ihre Ware vom Bürgersteig zu entfernen. Der Polizist ging auf das Haus zu, das ihn interessierte. Er rückte seine dunkle Brille zurecht, bevor er an das Gitter klopfte. Der immer noch schlafende Sicherheitsmann fuhr hoch. Er wirkte erstaunt, als er vor dem Tor den Mann mit dem Koffer erblickte. Er kam mit der Flinte in der Hand näher, ohne wirklich bedrohlich zu wirken.

»Was wollen Sie?«, fragte er und blickte argwöhnisch um sich.

»Ich soll diesen Koffer hier abliefern. Es ist dringend.«

»Dringend!«, wiederholte der Wächter.

Er schien erstaunt.

»Ich kann nicht hier draußen stehen bleiben«, sagte Inspektor Azémar. »Öffnen Sie.«

»Ich muss die zuständige Person anrufen«, stammelte der Wächter, der nicht wusste, was er tun sollte.

»Öffnen Sie!«, befahl er. »Sie können später anrufen. Ich kann mit diesem Koffer nicht hier draußen bleiben, das ist gefährlich.«

Er wirkte wohl überzeugend. Der Wächter öffnete das Tor. Der Inspektor zwängte sich hinein. Während der Wächter das Tor wieder schloss, setzte er ihm die Mündung des Smith & Wesson an die Schläfe.

»Eine Bewegung, und ich jage dir eine Kugel durch den Kopf. Leg deine Waffe langsam auf den Boden.«

»Wer sind Sie?«, stammelte der Wächter, während er gehorchte.

Ohne zu antworten, schob der Inspektor ihn in das Wächterhäuschen, wo er vor den Blicken eventueller Passanten geschützt war.

»Wer wohnt hier?«, fragte der Inspektor.

»Ich weiß es nicht«, antwortete der Wächter und rollte verschreckt mit den Augen.

»Versuch nicht, mich reinzulegen«, warnte der Inspektor und verstärkte den Druck der Waffe auf die Schläfe des Wächters.

»Ich bin nur ein einfacher Angestellter bei einem Sicherheitsdienst«, sagte der Mann eilig. »Dreimal pro Woche setzt man mich hier ab. Ich muss am Tor bleiben, bestimmte Leute empfangen und dem Chef Bescheid sagen. Ich kenne ihn nicht, ich habe ihn nie gesehen. Man hat uns geraten, keine Fragen zu stellen. Ich mache nur meine Arbeit. Ich will nicht wegen einer Sache, die mich nichts angeht, mein Leben verlieren. Ich flehe Sie an, töten Sie mich nicht.«

Der Mann wirkte aufrichtig. Er gehörte zu den Zehntausenden von Männern und Frauen, die in der Hauptstadt Arbeit gesucht hatten. Wer Glück hatte, kam für ein Taschengeld bei einer Sicherheitsfirma unter. Was der Inspektor nicht verstand, war, wie jemand glauben konnte, arme Leute, denen es nur darauf ankam, nicht zu verhungern, stellten irgendeinen Schutz dar. Hier diente alles nur der Repräsentation. Der Sicherheitsmann war Staffage. Niemand würde sein Leben riskieren, um irgendetwas zu verteidigen.

»Welche Telefonnummer wolltest du anrufen?«, fragte Inspektor Azémar.

Der Wächter zeigte auf eine Schublade in einer Art Schreibtisch, der im Wächterhäuschen stand. Der Inspektor legte ihm Handschellen an und zwang ihn, sich bäuchlings auf den Boden zu legen.

»Eine Bewegung zu viel, und deine Familie kann sehen, wo sie das Geld für deine Beerdigung herbekommt«, flüsterte ihm der Inspektor zu.

»In der Schublade ... Nehmen Sie mein Telefon. Ich hab die Nummer nicht im Kopf. Bitte, töten Sie mich nicht. Ich tue alles, was Sie wollen.«

Der arme Teufel schwitzte. Sein Hemd war durchnässt. Man sah, wie er zitterte. Er bekam seine Angst nicht in den Griff. Der Inspektor öffnete die Schublade. Er sah das Handy und schaltete es ein, um nach den gespeicherten Kontakten zu suchen. Das Verzeichnis enthielt gut dreißig Nummern.

»Welche ist es?«, fragte Inspektor Azémar, beugte sich vor und ließ die Nummern vor den Augen seines Gefangenen langsam über das Display laufen.

Der Wächter hob den Kopf, um sich kooperativ zu zeigen.

»Die hier«, sagte er hastig.

Er gab die Nummer an, indem er deutlich jede Ziffer nannte.

»Wenn du gelogen hast, wirst du es bereuen«, warnte der Inspektor.

Draußen hatte niemand etwas bemerkt. Zwei Schulkinder auf dem Heimweg gingen auf der Straße vorüber. Ein Polizeiauto raste mit heulenden Sirenen durch die Straße. Der Inspektor wählte auf seinem eigenen Handy die Nummer seines Vorgesetzten, Kommissar Solon. Dieser schien erleichtert, dass er anrief.

»Inspektor Azémar! Ich hätte Sie gebraucht.«

»Warum, Herr Kommissar?«

»Ich empfange gerade eine Delegation in meinem Büro. Raten Sie mal, woher sie kommt.«

»Herr Kommissar, ich habe einen Notfall ...«

»Stellen Sie sich vor, ich habe auch einen Notfall«, blaffte der Kommissar. »Die Leute sind gekommen, um den Kopf des Mörders von Marasa und seiner Diener zu fordern. Sie sind hier mit ihrem ganzen Krempel: Trommeln, *vaksin**, Transparente. Eine regelrechte Demonstration. Was soll ich Ihrer Meinung nach in diesem Durcheinander anfangen?«

»Tun Sie, was Ihr Gewissen Ihnen gebietet«, schlug der Inspektor vor. »Aber ich rufe Sie wegen einer Sache von allergrößter Wichtigkeit an.«

»Worum geht es?«, seufzte der Kommissar.

»Ich brauche dringend alle Informationen zu einer bestimmten Telefonnummer.«

»Womit befassen Sie sich zurzeit, Inspektor Azémar?«

»Ich kann Ihnen nur sagen, dass das Leben von Wachtmeister Colin in Gefahr ist, Herr Kommissar. Es könnte auch eine Verbindung zum Mord an Kommissar Biljoin bestehen.«

Am anderen Ende der Leitung herrschte Schweigen.

»Ich hoffe, Sie wissen, was Sie tun, Inspektor. Geben Sie mir die Nummer.«

Der Inspektor diktierte sie ihm.

»Es dauert höchstens eine halbe Stunde«, sagte der Kommissar. »Ich muss einige Leute kontaktieren. Und diese Leute hier versuche ich zu beruhigen. Wenn Sie etwas für Wachtmeister Colin tun müssen, dann beeilen Sie sich. Ihr Leben hängt zurzeit nur an einem seidenen Faden.«

Der Inspektor beendete das Gespräch. Der Wächter sah ihn mit dem Ausdruck ungeheurer Erleichterung an.

»Sie sind von der Polizei«, stieß er hervor, »Sie sind von der Polizei. Gott sei Dank! Was wollen Sie? Ich weiß nicht mehr als das, was ich Ihnen schon gesagt habe.«

»Was ist in diesem Haus?«

»Ich habe es nie betreten. Ich bleibe im Wächterhäuschen. Manchmal, vor allem nachts, kommen Leute. Ich weiß nicht, was sie drinnen machen.«

»Leute, die Koffer bringen?«

Der Wächter schüttelte den Kopf.

»Nein. Koffer werden von hier weggebracht. Deswegen war ich erstaunt, als ich Sie gesehen habe.«

»Ich verstehe nicht«, wunderte sich der Inspektor. »Wer bringt die Koffer weg?«

»Die Leute, die sie abholen kommen«, sagte der Wächter. »Sie warten draußen, nehmen die Koffer in Empfang und gehen.«

»Wer gibt ihnen diese Koffer?«

»Die Leute, die hier wohnen. Eigentlich wohnen sie nicht hier, Herr Kommandant. Sie kommen hier an, immer nachts, in einer Art großem Lieferwagen mit undurchsichtigen Scheiben. Sie bleiben ein paar Stunden, und dann gehen sie wieder, nachdem sie die Koffer an die anderen Leute übergeben haben. Fragen Sie mich nicht, was hier vor sich geht, Herr Kommandant. Bestimmt merkwürdige Dinge. Ich bin nur Sicherheitsmann, dafür werde ich bezahlt. Die Drogengeschichten gehen mich nichts an. Man lebt nur lang, wenn man nichts versteht und vor allem wenn man nicht versucht, etwas zu verstehen. Erbarmen! Erwähnen Sie mich nicht in Ihrem Bericht. Ich halte den Mund. Ich habe eine Frau und sieben Kinder.«

»Du solltest wissen, dass das, was hier vorgeht, nicht legal ist«, sagte der Inspektor.

»Es passiert so viel Illegales in diesem Land, Herr Kommandant«, gab der Sicherheitsmann zurück.

»Wo sind die Hausschlüssel?«, fragte Inspektor Azémar.

»Ich habe sie nicht«, antwortete der Wächter. »Ich schwör's Ihnen, ich habe sie nicht.«

»Gut. Bleib bitte hier. Ich beschlagnahme das Telefon für den Fall, dass es dir einfällt, jemand anzurufen.«

Er nahm die Flinte Kaliber 12 und ging rasch auf die Eingangstür zu, die tatsächlich abgeschlossen war. Da das Haus anscheinend unbewohnt war, hielt er sich nicht damit auf, seine Kenntnisse im Öffnen von Schlössern anzuwenden, sondern bearbeitete die Tür gewaltsam mit dem Gewehrkolben, bis sie aufging. Er gelangte in ein völlig leeres Zimmer. Eine Schicht Staub bedeckte den Boden. Fußspuren deuteten darauf hin, dass vor kurzem jemand hier gewesen war. Er trat in ein zweites Zimmer, das ebenso leer war wie das erste. Er untersuchte das ganze Erdgeschoss und fand absolut nichts. Auch nicht im ersten Stock. Der Inspektor ging ratlos wieder die Treppe hinunter. Überall lag Staub. Die Decke war von Spinnweben tapeziert. Der Schimmelgeruch sprach dafür, dass das Haus seit langem unbewohnt war. Was taten dann die Leute hier? Wozu ein Wächter? Warum war Colins letzte Erinnerung, dass er hierhergekommen sei, um einen Koffer abzuliefern? Der Wärter hatte doch gesagt, dass die Koffer nicht abgeliefert, sondern abgeholt wurden. Wer log hier? Vermutlich Wachtmeister Colin. Er würde sich erklären müssen, nahm Inspektor Azémar sich vor.

Er inspizierte erneut das Erdgeschoss. Es musste doch einen Grund für die Anwesenheit dieser Leute in bestimmten Nächten geben. Er entdeckte eine Metalltür, die in den Hinterhof führte, darin stand ein Nebengebäude für die Dienstboten. Es war ebenfalls leer, verstaubt und roch nach abgestandener Luft. Der Inspektor war immer orientierungsloser. Führte Wachtmeister Colin ihn an der Nase herum? Als er kehrtmachte, um zu dem gefesselten Sicherheitsmann im Wächterhäuschen zurückzugehen, bemerkte er im Gras eine Falltür, die durch zwei Vorhängeschlösser gesichert war. Der Inspektor hebelte sie mit dem Flintenlauf auf. Eine von einer Neonlampe beleuchtete Treppe führte in den Keller. Vorsichtig, die Waffe in der Hand, tastete sich der Inspektor in den Raum vor, der ihm wie eine Art Bunker vorkam. Nur ein Zimmer. Ein Geruch nach Desinfektionsmitteln, gemischt mit Weihrauch, verschlug ihm den Atem. Er musste gotterbärmlich husten. Überall leere Regale. Ein Waschbecken. Er drehte den Hahn auf, das Wasser lief. Mitten im Raum eine eiserne Liege. Genau darüber waren in einem Kreisbogen Glühbirnen angeordnet, die jetzt ausgeschaltet waren. Er durchkämmte sämtliche Winkel des Raumes. Alles war gereinigt worden, als wollte jemand keine Spuren hinterlassen.

Der Inspektor kehrte ans Tageslicht zurück. Der Einbruch war nicht zu verbergen. Er ging wieder zu dem Wächter, der immer noch in seinem Häuschen in Handschellen auf dem Bauch lag, und durchsuchte ihn. Er hatte nur eine Brieftasche mit seinem Personalausweis und ein paar Gourde dabei.

»Wenn ich dich freilasse, dann musst du untertauchen. Du kannst die Sache nicht plausibel erklären. Fass dich in Geduld.«

Der Wächter schluchzte.
»Was soll aus mir werden? Wo soll ich eine neue Arbeit finden, wenn man mich entlässt?«

Der Inspektor entlud die Flinte, steckte die Schrotpatronen in die Tasche und legte die Waffe neben dem Wächter ab.

»Wenn man dich findet, dann sag nichts von einer Polizeirazzia. Sag, dass du von Dieben überrumpelt wurdest, die nichts gefunden haben und wieder gegangen sind. Solltest du Dummheiten machen, finden wir dich leicht.«

»Dann nehmen Sie die Flinte mit«, empfahl der Wächter, »sonst nimmt man mir diese Version nicht ab. Sie können sich auf mich verlassen.«

»Wenn du eine Information hast, die mir weiterhilft, versuche ich, etwas für dich zu finden.«

Der Wächter schüttelte sichtlich betrübt den Kopf.

»Ich weiß nichts, Herr Kommandant. Meine Sicherheit in diesem Job hängt davon ab, dass ich nichts weiß, das höre ich jeden Tag. Sogar mein Chef in der Sicherheitsfirma weiß nichts. So sind die Regeln. Wir machen unseren Job, und das war's.«

»Viel Glück«, sagte der Inspektor. »Ich hoffe, du behältst deine Stelle.«

»Die Flinte«, erinnerte ihn der Wächter.

Der Inspektor nahm die Flinte und verließ das Grundstück. Die Geschichte war für ihn völlig unverständlich. Wachtmeister Colin sagte nicht die ganze Wahrheit. Er musste ihn wiedersehen und ihn zwingen zu reden. In diesem Moment klingelte sein Handy. Es war Kommissar Solon.

»Wie weit sind Sie bei Wachtmeister Colin?«, fragte der Kommissar.

»Ich weiß noch nicht, Herr Kommissar. Haben Sie herausgefunden, wem diese Nummer gehört?«

»Die Nummer gehört einem Amerikaner, einem gewissen Jeffrey Housle. Er hat Haiti vor drei Jahren verlassen und das Land seitdem nicht mehr betreten. Von der Nummer aus wurde nicht ins Ausland telefoniert. Keine Diebstahl- oder Verlustmeldung.«

»Wer benutzt diese Telefonnummer zurzeit?«

»Woher soll ich das wissen, Inspektor? Aber ich habe mir erlaubt, einige Auskünfte über diesen Jeffrey Housle einzuholen.«

»Und?«

»Er ist einer der Leiter der Kirche vom Blut der Apostel. Er hat vor acht Jahren ihre Tätigkeit in Haiti in Gang gebracht.«

»Kann man nicht herausfinden, ob der Mann vorbestraft ist?«

»In Port-au-Prince liegt nichts über ihn vor, das habe ich überprüfen lassen.«

»Und in den Vereinigten Staaten?«

»Ich kann so ein Auskunftsersuchen nicht begründen«, protestierte der Kommissar.

»Sie haben doch ein paar gute Freunde bei der New Yorker Polizei, Herr Kommissar. Es ist wichtig. Haben Sie die Liste der Anrufe in den letzten Monaten?«

»Der derzeitige Besitzer scheint das Telefon mit Vorsicht zu benutzen. In den letzten drei Monaten wurden nur zwanzig Anrufe bei einer bekannten Sicherheitsfirma festgestellt.«

Am Telefon herrschte einen Moment Stille.

»Inspektor, können Sie mir sagen, warum ich einem Trinker und Wüstling wie Ihnen trauen sollte?«

»Weil ich der einzige gute Polizist in diesem Land bin und Sie das wissen, Herr Kommissar.«

Der Kommissar seufzte.

»Gut, Inspektor. Ich rufe in New York an.«

»Vielen Dank, Herr Kommissar«, sagte der Inspektor, der jetzt spürte, wie ihm die Migräne gegen den Schädel hämmerte.

Er legte auf. Einige Meter weiter warf er die Flinte in einen Gully, dessen Deckel jemand gestohlen hatte, vermutlich um ihn einzuschmelzen. An einer Straßenecke erblickte er einen Laden, in dem *bwa kochon** verkauft wurde. Er ließ sich drei große Gläser servieren, die er mit der Gier des Alkoholikers auf Entzug hinunterstürzte. Die Besitzerin sah ihn mit unverhohlener Verachtung an. Er zahlte seine Getränke und ging; sein Gehirn brodelte. Die Fragen drängten sich in seinem Kopf. Die Kirche vom Blut der Apostel war die evangelikale Freikirche, die Mireyas Pensionat betrieb. Das Kind behauptete, Wachtmeister Colin im Traum mit Schweineohren gesehen zu haben. Er wiederum hatte 48 Stunden später mit eigenen Augen gesehen, dass Wachmeister Colin sich langsam in ein Schwein verwandelte, das Schlimmste, was einem glühenden Siebenten-Tags-Adventisten passieren konnte. Wachmeister Colin behauptete, er habe einen Koffer in das Haus gebracht, das er, Inspektor Azémar, soeben von oben bis unten durchsucht hatte. Dieses Haus war jedoch leer und unbewohnt, abgesehen von dieser Art Bunker, der nach Desinfektionsmitteln und Weihrauch stank und dessen Verwendungszweck ihm vorläufig unbekannt war. Der Wächter behauptete, anders als Wachtmeister Colin, dass die Koffer von hier abgeholt wurden. Wachtmeister Colin hatte von genetischen Experimenten an Schweinen gesprochen. Er war der Assistent eines Kommissars, den man ermordet aufgefunden hatte, nackt, von Kugeln durchsiebt und von den Schweinen angefressen. Wahre Schweinezeiten, klagte Inspektor Azémar. Er musste Wachtmeister Colin so bald wie möglich wiedersehen. Er versuchte, die Nummer anzurufen, die auf seinem Telefon erschienen war. Niemand nahm ab. Er winkte einem *tap-tap*.

Die Mitte des Nachmittags ist oft unerträglich. Der Boden gibt dann seine überschüssige Energie wieder an die Luft ab. Der Feuerregen geht auf Schädel und Nacken nieder wie eine Wolke glühender Nadeln. Wellen- und schwallweise steigt eine schwüle, beißende, erstickende Hitze auf und fasst einen an der Kehle. Man atmet krampfartig, jedes Luftholen ist ein verzweifelter Versuch, in dem Glutofen ein Quäntchen Sauerstoff zu erhaschen. Diese Stunde ist auch ein Fluch für die Verdammten des Asphalts, die Tausenden von *tap-tap*-Fahrern, die die harte Arbeit am Steuer ihrer schwankenden Fahrzeuge fortsetzen müssen, auch wenn ihre ausgetrockneten Körper nach einem Augenblick Ruhe verlangen. Junge Leute, denen die Hitze nichts ausmacht, fahren auf Skateboards im Slalom zwischen den Autoschlangen hindurch. Eine erschöpfte Evangelienpredigerin lässt den Lautsprecher, aus dem sich ihr ganzer Hass auf die Privilegierten dieser Welt ergießt, schlaff in der rechten Hand hängen.

Der Inspektor sprang aus dem *tap-tap* und machte sich zu Fuß auf den Weg, der den sanften Hügel hinunter ins Tal führte. Er brauchte fünfzehn Minuten, bis er an dem Haus ankam, in dem Wachmeister Colin sich verkroch. Überrascht entdeckte er, dass sich vor dem Tor eine hysterische Menge zusammengeballt hatte. Männer schwangen Stöcke und Macheten. Eine Frau sprach mit zum Himmel erhobenen Händen ein inbrünstiges Gebet, in dem sie die Engel und die *loa** bat, einzugreifen und das Land von den Dämonen zu befreien. Die Aufmerksamkeit des Inspektors galt vor allem einer Gruppe von Leuten, die einen Mann misshandelten, einen gut gekleideten Mulatten, den sie mit Stricken aus Agavenfasern gefesselt hatten. Die Leute bearbeiteten ihn mit Fäusten, Füßen und Stöcken. Der Mulatte protestierte – auf Spanisch. Natürlich verstand niemand etwas. Der Inspektor schwenkte seinen Smith & Wesson und schoss zweimal in die Luft, was den Eifer des Pöbelhaufens abkühlte.

»Polizei!«, schrie Inspektor Azémar und zeigte seine Marke vor. »Übergeben Sie mir diesen Mann und sagen Sie mir, was los ist.«

»Das sind Werwölfe«, kläffte ein Mann.

»Jetzt, am helllichten Tag, verwandeln sie sich in Schweine«, sagte die Frau, die den Himmel um Beistand anrief.

Der Inspektor trat näher und stieß die Männer, die den Mulatten wie an der Leine hielten, unsanft beiseite. Er hatte es nicht eilig, ihn zu befreien. Er durchsuchte ihn rasch. Der Mann trug am Bein in einem Halfter eine kleine Zweiundzwanziger Automatik. Er legte dem Individuum Handschellen an, dann nahm er ihm die Stricke ab.

»Das haben wir beim ihm gefunden«, sagte ein Mann und reichte dem Inspektor eine große automatische Pistole mit Schalldämpfer.

Es war eine wunderbare Waffe, ein echtes Juwel. Die Waffe eines Profis.

»Die Polizei spricht Ihnen ihren Dank aus, Bürger«, sagte der Inspektor und steckte sich die Waffe an den Gürtel.

»Und was wird die Polizei mit diesem Werwolf anfangen?«, fragte jemand.

»Wieso behaupten Sie, dass er ein Werwolf ist?«, fragte der Inspektor.

»Wir haben ihn hier ankommen sehen«, erklärte eine Frau. »Er hat geklingelt und ist hineingegangen. Kurz darauf haben wir Schüsse gehört. Und dann haben wir ihn gesehen, wir alle haben ihn gesehen.«

Drei weitere Frauen nickten.

»Ein Geschöpf, halb Mensch, halb Schwein. Es kam aus dem Haus gerannt. Ich schwör 's Ihnen, Herr Kommandant, ich, so wie ich hier vor Ihnen stehe, Jesus hat mich gerettet. Der Werwolf hat mich angeschaut mit seinen Augen, aus denen die Flammen der Hölle schlugen! Ich habe gerufen: ›Im Namen Jesu!‹, und der Teufel ist eilig auf dem Pfad verschwunden, der in die Senke hinunterführt.«

»Wir haben alle geschrien«, fuhr eine andere Frau fort. »Die Männer sind gekommen. Mit Stöcken bewaffnet, haben wir die Verfolgung aufgenommen, aber er war verschwunden.«

»Sie können sich unsichtbar machen«, gab ein Mann zu bedenken.

»Als wir zurückgekommen sind, haben wir diesen Mann, den Mulatten, aus dem Haus kommen sehen. Wir haben ihn gefangen genommen. Das ist auch ein Werwolf. Er hat in der Zwischenzeit wieder menschliche Gestalt angenommen.«

Der Mulatte schüttelte sichtlich verschreckt den Kopf. Er hatte Prellungen im Gesicht.

»Der Mann ist nun in den Händen der Polizei«, sagte der Inspektor. »Bitte gehen Sie auseinander.«

Er hielt seine Waffe drohend. Die Menge ging zur Seite und blieb einige Meter weiter stehen, vermutlich um sich zu vergewissern, dass der Werwolf nicht freigelassen wurde. Dieuswalwe Azémar griff zum Telefon.

»Herr Kommissar? Ich möchte einen Verdächtigen zur Wache bringen. Könnten Sie mir einen Wagen und Verstärkung schicken?«

»Wo sind Sie, Inspektor?«

Der Inspektor gab die Adresse an.

»Das ist nicht unser Zuständigkeitsbereich«, bemerkte der Kommissar.

»Es geht um etwas Wichtiges, Herr Kommissar«, beharrte der Inspektor. »Ich erkläre es Ihnen später.«

»Schon gut«, brummte der Kommissar. »Noch einmal, ich tue es, weil ich Ihnen vertraue, auch wenn Sie ein Trunkenbold sind. Ich rate Ihnen aber, mir eine gute Erklärung zu liefern.«

»Was ist mit den Informationen aus New York?«, fragte der Inspektor.

»Ich müsste sie in den nächsten Stunden erhalten«, antwortete der Kommissar. »Das Auto kommt in zwanzig Minuten.«

Der Inspektor schob den auf Spanisch plärrenden Mulatten zu dem noch offenen Tor und machte ihn mit den Handschellen an dem eisernen Gitter fest, so dass er sich nicht befreien konnte. Die Sprache, in der der Mulatte krakeelte, war für ihn unverständlich. Er war im Übrigen niemals sprachbegabt gewesen. Zum zweiten Mal an diesem Tag legte er den Weg bis zu dem dunklen Zimmer zurück, in dem Wachmeister Colin ihn hatte empfangen wollen. Wie zu erwarten, war Wachtmeister Colin nicht mehr da. Er entdeckte frische Einschläge von Kugeln zweier unterschiedlicher Kaliber an den Wänden. Wachmeister Colin und der Mulatte hatten aufeinander losgeballert. Aus Gewissenhaftigkeit durchsuchte er das Haus, bis er die Sirene des herannahenden Polizeiautos hörte. Der Inspektor ging zu seinem Gefangenen vor dem Haus zurück. Drei junge Polizisten stiegen aus dem Auto und vollführten ihr übliches Theater, indem sie in ihren neuen Uniformen und ihren kugelsicheren Westen mit ihren Waffen herumfuchtelten. Man schloss den Mulatten los und zwang ihn, in dem Auto Platz zu nehmen, das unter den zugleich fragenden und entsetzten Blicken der immer dichteren Menge davonfuhr. Die Nachricht, dass hier in der Gegend ein in ein Schwein verwandelter Mann gesehen worden war, verbreitete sich sicher gerade im ganzen Land.

* * *

Die Sonne begann ihren Abstieg zum Wasser der Bucht, ohne dass deswegen die Hitze wich. Bei jedem Atemzug strömte ein wenig trockene Luft in die Lungen, als ob man sich mit dem Gesicht einem Glutherd näherte, eine trockene Luft, in die sich als erstickender Staub die Asche des Mülls mischte, den die Bürger überall verbrannten. In seinem Büro schaltete Inspektor Azémar als Erstes den Ventilator ein. Während seiner Abwesenheit war die Stromversorgung wieder hergestellt worden. Der Apparat gab ein Schnurren von sich, aber seine Flügel weigerten sich, die Luft umzuwälzen: Die zu häufigen Stromausfälle hatten den Motor erledigt.

Müde, den Körper eingekapselt in eine Kruste aus Schweiß und Dreck, ließ sich der Inspektor in seinen Sessel fallen. Er schaltete das Radio ein. Es wurden die Schlagzeilen der Nachrichtensendung vom frühen Abend durchgegeben. Eine Delegation aus der Region der Stinkenden Quellen, dem *bòkò* Marasa nahestehende Personen, war vom Justizminister empfangen worden, welcher versprach, dass der Schuldige bald hinter Schloss und Riegel sitzen werde. Kommissar Dorilus von der Kriminalpolizei vermeldete seinerseits, ein Polizeiinspektor sei in die Sache verwickelt: »Alles ist nur eine Frage von Stunden. Die Ermittlungen stehen kurz vor dem Abschluss, und es wird ein Kopf rollen«, versicherte er.

Mit einem Seufzer schaltete Dieuswalwe Azémar den Apparat aus. Er sah seinem Gefangenen direkt in die Augen. Man hatte den Mulatten gezwungen, sich ihm gegenüber auf einen Stuhl zu setzen. Er hatte gebrüllt, gezetert, eine Menge Dinge auf Spanisch gesagt. Vielleicht verlangte er einen Arzt zu sprechen oder einen Vertreter seiner Botschaft. Dank der sehr geschätzten dominikanischen *chiquitas* beherrschten die Wüstlinge von Port-au-Prince allesamt ein paar Brocken der Sprache von Cervantes, aber Dieuswalwe Azémar verkehrte nur mit haitianischen Nutten. Nicht aus Nationalismus, sondern weil sein Geldbeutel ihm nicht mehr gestattete.

Nun, da er wahrscheinlich müde war, schwieg der Mulatte. »Ein Killer von einem Drogenkartell?«, überlegte der Inspektor. Man hatte bei ihm eine automatische Waffe mit Schalldämpfer gefunden. »Die Waffe eines Profis«, dachte der Inspektor, der ein solches Modell noch nie aus der Nähe gesehen hatte. Außerdem trug der Mann eine weitere Waffe am Bein, eine Automatik mit kleinem Kaliber. Der vermeintlich Schuldige hatte keinerlei Papiere bei sich, nur die Summe von hundert amerikanischen

Dollar in Fünfern. Falsche Banknoten! Man brauchte einen geübten Blick, um es zu bemerken. Sollte er Wachtmeister Colin zur Strecke bringen? Nur er konnte ihm das Tor geöffnet haben, sie kannten sich also. Im letzten Moment war die Sache ausgeartet. Was war passiert? Zu viel lag im Dunkeln in dieser Geschichte, jammerte der Inspektor. Es gelang ihm nicht, eine Verbindung zwischen den verschiedenen Elementen dieses Verwirrspiels herzustellen. Was ihm am meisten zu schaffen machte, war, dass Mireya mit ihrem Traum richtiggelegen hatte. Wachtmeister Colin mit Schweineohren! Das ergab keinen Sinn, dachte Inspektor Azémar ärgerlich, der gleichzeitig quälende Besorgnis empfand und von dem unerklärlichen Gefühl umgetrieben wurde, dass die Zeit drängte.

Es klopfte an der Tür. Ein Wachtmeister trat ein. Er war nicht von dieser Wache; der Inspektor sah ihn zum ersten Mal. Er grüßte gespreizt.

»Wachtmeister Newton Milouis, Herr Inspektor. Ich bin der Dolmetscher, den Sie angefordert haben.«

»Treten Sie ein und nehmen Sie Platz«, sagte er. »Bitten Sie den hier anwesenden Festgenommenen, sich zu identifizieren.«

»Name, Vorname, Alter, Nationalität, Beruf, Adresse«, bellte Wachtmeister Milouis auf Spanisch und setzte dabei den Gesichtsausdruck des wilden Gorillas auf, bereit, den Gefangenen zusammenzuschlagen.

Der Gefangene stammelte etwas. Wachtmeister Milouis sah den Inspektor sichtlich verblüfft an.

»Er sagt, dass er venezolanischer Staatsbürger ist und dass er den Konsul seines Landes sprechen will.«

»Darauf scheiße ich!«, stieß Inspektor Azémar gereizt hervor. »Wir haben bei ihm zwei Waffen gefunden, aber er hat keinen Waffenschein. Das reicht, damit er in den Knast wandert.«

Wachmeister Milouis übersetzte. Der Gefangene stammelte erneut dieselben Worte. Der Inspektor bedeutete dem Wachtmeister, dass er verstanden hatte.

»Sagen Sie ihm, dass wir nur eine simple ballistische Untersuchung vornehmen müssen, um festzustellen, dass mit der Waffe, die er bei sich hatte, ein Kommissar erschossen wurde. Das wird sein Konsulat sicher interessieren.«

Wachtmeister Milouis fuhr zusammen und begann zu schwitzen. Er übersetzte die Worte des Inspektors. Der Mulatte schien Wirkung zu zeigen. Er senkte den Kopf und verharrte einen Moment wortlos. Dann richtete er sich plötzlich auf, schlug mit seinen gefesselten Händen auf den Tisch und sagte etwas, das Wachtmeister Milouis sofort übersetzte.

»Er sagt, Sie wissen nicht, mit wem Sie sich anlegen.«

»Der Kommissar interessiert mich im Moment nicht«, antwortete Inspektor Azémar. »Ich will wissen, was er von Wachtmeister Colin wollte.«

Wachtmeister Milouis sprach mit dem Gefangenen. Dieser sah den Inspektor starr an, als wollte er ihn einschätzen. Azémar hielt seinem Blick stand, ohne mit der Wimper zu zucken. Der Beschuldigte wandte sich an Wachtmeister Milouis.

»Er sagt nichts, bevor er mit jemandem von seiner Botschaft gesprochen hat«, erklärte der, »denn selbst mit dem Beweis, den Sie in der Hand haben, kann man ihm nichts anhaben. Er findet, dass wir alle korrupt sind. Er sagt außerdem, dass die Haitianer allesamt Hexer sind und dass er größere Chancen hat, nicht in die Hölle zu kommen, als wir.«

»Ist Colins Aussehen der Grund, warum er behauptet, die Haitianer seien Hexer?«, fragte der Inspektor.

Wachtmeister Milouis wandte sich erneut an den Venezolaner, als die Tür aufging und Kommissar Solon in Begleitung eines Mannes in einem zivilen Anzug hereinkam. Der Inspektor erkannte einen einflussreichen Senator, der der regierenden Partei nahestand und zudem ein persönlicher Freund von Kommissar Solon war.

»Inspektor Azémar! Der Senator hat gehört, dass sich Herr Miguel Andrade bei uns befindet. Er ist eigens hierhergekommen, um uns dafür zu danken, dass wir ihm das Leben gerettet haben.«

Der Inspektor stand auf und ignorierte die Hand, die der Senator ihm hinhielt.

»Wir haben diese abstruse Geschichte von dem Mann, der in ein Schwein verwandelt wurde, gehört, Inspektor«, sagte der Senator. »Ohne Ihr Eingreifen wäre Herr Andrade ein weiteres Opfer unserer abergläubischen Mentalität geworden. Es wäre uns wirklich schwergefallen, diese Geschichte der venezolanischen Regierung zu erklären, mit der wir gute und fruchtbare Beziehungen unterhalten.«

»Der Senator hat ja sehr schnell erfahren, dass der Verdächtige hier ist, Herr Kommissar«, bemerkte der Inspektor.

»Ich habe es für besser gehalten, das venezolanische Konsulat zu benachrichtigen«, antwortete der Kommissar trocken. »Ich will nicht, dass man mir die Schuld an einem diplomatischen Zwischenfall gibt. Man kann nie wissen.«

»Was macht dieser Herr Andrade in Haiti?«, fragte der Inspektor.

»Er ist ein einflussreicher Geschäftsmann«, antwortete Kommissar Solon rasch. »Herr Senator, Inspektor Azémar war auf der Suche nach jemand anderem. Es war ein Missverständnis, das Herrn Andrade glücklicherweise das Leben gerettet hat. Die Schlüssel von den Handschellen, Inspektor.«

Inspektor Azémar reichte die Schlüssel seinem Vorgesetzten, welcher Andrade die Handschellen abnahm. Dieser stand mit schmerzverzerrtem Gesicht auf. Er rieb sich die Handgelenke, sichtlich erleichtert, die Fesseln los zu sein.

»Es wäre mir auch recht, wenn man Herrn Andrade seine Waffen zurückgibt«, sagte der Senator. »Der Regierung ist an der Sicherheit von Herrn Andrade gelegen.«

Der Inspektor zögerte.

»Geben Sie Herrn Andrade seine Waffen, Inspektor!«, befahl der Kommissar.

Mit Wut im Bauch holte der Inspektor die Waffen aus der Schublade. Er übergab sie nicht an Andrade, sondern an den Kommissar, welcher sie dem Venezolaner reichte.

»Nochmals vielen Dank«, sagte der Senator, während er sich von Inspektor Azémar abwandte.

Er stützte Andrade, um ihm beim Verlassen des Zimmers zu helfen. Der Mulatte neigte sich zum Senator hin und hielt mit ihm eine kurze geflüsterte Beratung. Der Senator drehte sich wieder zum Inspektor um.

»Ihre Tochter heißt doch Mireya?«

»Warum fragen Sie?«, wunderte sich der Inspektor.

Der Parlamentarier unterhielt sich einen Augenblick mit dem Venezolaner, dann übergab dieser dem Politiker etwas.

»Wachtmeister Colin hat das hier auf seiner Flucht verloren«, erklärte der Senator.

Der Politiker näherte sich dem Inspektor.

»Hier, Inspektor. Betrachten Sie das als Zeichen der Dankbarkeit von Herrn Andrade. Sie haben ihm das Leben gerettet.«

Der Inspektor verharrte reglos, während der Senator und Andrade das Büro verließen. Er hörte nicht einmal, was der Kommissar zu ihm sagte. Er betrachtete verblüfft den Gegenstand in seiner Handfläche, den der Politiker ihm gerade gegeben hatte. Ein goldenes Armband mit einer kleinen Gravurplatte, auf der ein Name stand: Mireya!

Er war aus der Wache gestürmt, ohne sich um den Kommissar zu kümmern, der ihm sagen wollte, dass er keine andere Wahl gehabt hatte, als Andrade an den Senator zu übergeben.

»Sie haben mir bis jetzt noch nicht erklärt, worum es ging, Inspektor. Ich vertraue zwar Ihrem Talent als Ermittler, aber meine Geduld hat Grenzen. Und außerdem habe ich nicht den Anspruch, ein Hundertprozentiger zu sein wie Sie. Die Aufrichtigen und Ehrlichen krepieren in diesem Land. Sie fressen Scheiße. Ich bin nicht aus New York weggegangen, um in Haiti Scheiße zu fressen. Bis zu meiner vorzeitigen Pensionierung will ich mein Haus fertig bauen. Ich werde nicht die einzige ernsthafte Unternehmung in meinem Leben vergeigen, um Hirngespinste zu verfolgen. Dieses Land hat eine Ewigkeit Zeit, um seine Probleme zu lösen, aber ich habe nur ein Leben.«

Azémar hatte sich ein Dienstfahrzeug genommen. Er brauchte nur ein paar Minuten bis zum Pensionat. Die Sirene teilte die Flut der Autos wie Moses' Stab die Fluten des Roten Meeres. Die Hitze des frühen Abends war nichts gegen die Glut der Gedanken, die in seinem Kopf brodelten. Wie kam das Armband seiner Tochter in Colins Hände? Es gab nur eine Erklärung: Colin hatte Mireya getroffen. Aber das wäre nicht möglich gewesen ohne die Erlaubnis der Direktorin oder ihrer Stellvertreterin, jener seltsamen Frau, die Sister Moon genannt wurde. Aus welchem Grund hatte er Mireya getroffen? Um sie um Fürsprache beim Inspektor zu bitten? Das ergab keinen Sinn.

Wütend schlug der Inspektor mit der Faust auf das Lenkrad. Er verstand nichts, er sah nichts vor sich, er flog blind. Diese Unbestimmtheit ärgerte ihn, zumal ihn die Intuition umtrieb, dass die Zeit drängte. Wo war Colin jetzt gerade? In welchem Zustand befand er sich? »Ich muss eine Halluzination gehabt haben«, wiederholte Inspektor Azémar in einem vergeblichen Versuch, so etwas wie sein psychisches Gleichgewicht wiederzufinden. »Nicht durch den Alkohol. Ich bin nie klarer im Kopf, als wenn der Alkohol Besitz von mir ergriffen hat, wenn er in meine sämtlichen Gewebe, in jede meiner Zelle einsickert, mein Gehirn durchtränkt.« Er hielt fast direkt vor dem Tor des Gebäudes, ohne sich um das Parkverbotsschild zu kümmern. Das Tor war nicht verschlossen. Er öffnete es, stieß den Wächter beiseite und ging auf das Empfangsbüro zu. Der Wächter versuchte ihn anzuhalten.

»Ich bin von der Polizei«, warnte ihn der Inspektor. »Denk an deine Zukunft.«

Ohne sich um ihn zu kümmern, öffnete er die Glastür zum Empfangsbüro. Er traf direkt auf Sister Marie-Josée, die sich gerade mit zwei Lehrerinnen unterhielt.

»Inspektor Azémar!«, wunderte sich Sister Marie-Josée. »Was machen Sie um diese Zeit hier?«

»Ich will zu Mireya. Sofort. Ich muss mit ihr sprechen.«

»Ich möchte Sie daran erinnern, dass Sie keine Rechte ihr gegenüber mehr haben, Herr Azémar. Ich habe nichts gegen Sie, aber sie verdient einfach etwas Besseres. Erleichtern Sie Mireya den Abschied.«

»Ich bleibe ihr Vater, solange sie noch nicht in ihrer neuen Familie ist. Ich will meine Tochter sprechen. Sofort. Und zwar unter vier Augen.«

Sister Marie-Josée wandte sich den beiden Lehrerinnen zu.

»Warten Sie einen Augenblick auf mich.«

Sie ging auf den Inspektor zu.

»Folgen Sie mir.«

Sie führte ihn in ein kleines Zimmer, dessen Mobiliar nur aus drei Sesseln und einem kleinen Hocker bestand. Auf dem Hocker stand ein Topf mit künstlichen Rosen. Ein Kruzifix, das in der Mitte des Raumes an einer silbernen Kette von der Decke hing, schwang im Luftzug der Klimaanlage. Er las erneut die Sätze, die mit blauer Tinte in Schönschrift an die Wände geschrieben waren: »Das ist das Blut des Bundes, den Gott euch geboten hat. Und es wird fast alles mit Blut gereinigt nach dem Gesetz, und ohne Blutvergießen geschieht keine Vergebung.« Eine Neonleuchte strahlte weißes Licht aus. Man hätte meinen können, man sei im Wartezimmer eines Krankenhauses.

»Ich hole Mireya. Sie ist gerade im Unterricht. Sie haben fünf Minuten. Nicht eine mehr!«

Sie ging und schlug die Tür zu. Azémar verabscheute Sister Marie-Josée, aber er behielt in seinem Inneren so etwas wie einen Rest von Achtung. Achtung, die er seinerzeit vor einer Lehrerin empfunden hatte, deren Bild er im Gedächtnis bewahrte, einer Frau, die seine ersten Schuljahre in einer religiösen Anstalt der Schulbrüder von Ploërmel in Port-au-Prince geprägt hatte. Man nannte sie Mademoiselle Chabeau. In

Gegenwart von Mademoiselle Chabeau hustete man nicht. Man kratzte sich nicht. Man räusperte sich nicht. Man musste ständig sauber, makellos von Kopf bis Fuß sein. Und vor allem musste man ihr aufs Wort gehorchen, um nicht mit der Rute Bekanntschaft zu machen, die sie in der einzigen Schublade ihres Schreibtisches verwahrte. Er, damals Dieusoitloué Azémar – Jahre später sollte er die Schreibung seines Vornamens ändern –,* hatte ihre Rute niemals zu spüren bekommen. Er empfand vor dieser Frau einen fast metaphysischen Schrecken. Das Erstaunlichste war, dass seine ersten sexuellen Regungen wie selbstverständlich auf Mademoiselle Chabeau gerichtet waren.

»Hier ist Mireya«, sagte Sister Marie-Josée, die wieder ins Zimmer kam.

Mireya ging zu ihm hin, um ihn zu küssen.

»Fünf Minuten«, mahnte Sister Marie-Josée.

Sie verschwand. Der Inspektor vergewisserte sich, dass sie sich entfernt hatte, dann holte er das Armband aus der Tasche, das Andrade ihm durch den Senator übergeben hatte.

»Erkennst du dieses Armband, Mireya?«

Das Kind nickte.

»Wem hast du es gegeben?«

Mireya sah ihn verständnislos an.

»Wem hast du dieses Armband gegeben?«, fragte der Inspektor noch einmal lauter.

Er verlor die Nerven. Er geriet ins Schwimmen. Er mochte dieses Gefühl der Ohnmacht nicht. Er verstand nicht, warum er nicht verstand.

»Ich habe dir doch gesagt, dass ich nicht weiß, wo ich es verloren habe.«

Der Inspektor schloss einen Moment lang die Augen. Er atmete tief durch, um sich zu beruhigen.

»Mireya ... Hast du Wachtmeister Colin nie wiedergesehen? Hat er dich nie aus irgendeinem Grund hier besucht?«

Sie schüttelte verstört den Kopf.

»Nein, Papi. Ich habe Wachtmeister Colin nur in meinem Traum gesehen.«

»Mit Schweineohren, ich weiß.«

»Hast du ihn gesehen?«, fragte Mireya.

»Ja«, antwortete der Inspektor. »Er schwebt in großer Gefahr. Wenn du mir nicht alles sagst, kann ich ihm nicht zu Hilfe kommen.«

Ihr schönes Mulattinnengesicht wurde purpurrot. Tränen traten ihr in die Augen.

»Du weißt, dass ich Wachtmeister Colin mag. Aber seit er dich verlassen hat, habe ich ihn nicht mehr gesehen. Ich weiß nicht, wie ich dieses Armband verloren habe. Ich sage die Wahrheit, Papi.«

Sie brach plötzlich in Tränen aus. Der Inspektor nahm sie in die Arme.

»Weine nicht, mein Schatz. Wenn du weinst, ist Papi Dieuswalwe völlig hilflos. Dann kann ich dich nicht mehr beschützen. Ich bitte dich, weine nicht.«

Sie trat einen Schritt von ihm weg und sah ihn mit ihren verweinten Augen an. Er sah die andere Mireya vor sich. Er erinnerte sich an die Nacht in dem Hotelzimmer mit der Frau, die seine Sinne so sehr entflammt hatte, dass er in den unpassendsten Momenten noch den Duft ihres Körpers roch. Gegen seinen Willen entschlüpfte ihm ein Klagelaut. Der Schmerz, den er so gut kannte, schnürte ihm die Brust zu.

»Ich will nicht mehr hierbleiben, Papi. Ich will nicht mehr mit ihnen weggehen. Nimm mich mit zu dir.«

»Warum?«, fragte der Inspektor, indem er ihr zärtlich über das Haar strich.

»Ich weiß nicht. Ich habe Kopfschmerzen. Ich kann nicht schlafen. Ich habe Angst.«

»Wovor hast du Angst?«

»Ich weiß nicht«, sagte sie. »Aber ich weiß, dass ich zu Recht Angst habe.«

»Magst du Sister Marie-Josée?«

Diese Frage stellte er ihr gelegentlich. Zum ersten Mal bekam er eine andere Antwort.

»Ich mag sie nicht mehr.«

»Früher hast du gesagt, dass du sie magst.«

»Jetzt macht sie mir Angst.«

»Und Sister Moon?«

»Sie ist verrückt.«

»Warum glaubst du, dass sie verrückt ist?«

»Ich habe sie mehrfach im Büro von Sister Marie-Josée schreien hören. Sie schlägt sie. Einmal kam Sister Moon aus dem Büro von Sister Marie-Josée und hatte lauter blaue Flecken im Gesicht. Weißt du, was die Mädchen sagen?«

»Was sagen sie denn?«

»Sister Marie-Josée und Sister Moon lieben sich. Sie sind lesbisch.«

Der Inspektor konnte ein Lächeln nicht unterdrücken.

»Aber Sister Moon will nicht mehr lesbisch sein«, fuhr Mireya in vollem Ernst fort.

»Aha!«, wunderte sich der Inspektor, den diese Wendung des Gesprächs verlegen machte.

»Die Mädchen haben gehört, wie Sister Marie-Josée Schimpfwörter zu Sister Moon gesagt hat. Sie hat geschrien: ›Ich weiß, dass du mit ihm gehst. Hör auf zu lügen!‹«

»Die heutigen Mädchen sind so reif ... Ihre Beobachtungsgabe ist bemerkenswert«, dachte er.

»Das ist nichts für dich. Solche Sachen sind etwas für die Großen. Ich behalte das Armband einstweilen.«

»Ich würde mein Armband gern tragen.«

»Ich muss herausbekommen, wie es in die Hände von Wachtmeister Colin gelangt ist.«

Die Tür ging auf. Es war Sister Moon.

»Die Direktorin hat mich beauftragt, Mireya wieder mitzunehmen, Inspektor.«

Sie blickte beim Sprechen zu Boden und hielt die Hände gefaltet, als wollte sie ihre Verwirrung verbergen.

»Viel Glück, meine Kleine«, sagte der Inspektor gerührt.

Er küsste Mireya, welche zu Sister Moon ging. Sie verließen gemeinsam das Zimmer. Bevor er Richtung Ausgang ging, fasste der Inspektor Sister Moon beim Arm. Sie versteifte sich, als hätte sie einen elektrischen Schlag erhalten.

»Wissen Sie, Sister Moon, wie Mireya am Freitagabend ihr Armband verlieren konnte?«

Sie machte sich heftig aus dem Griff des Inspektors los. Mit einem irren Lachen rannte sie förmlich davon und zog Mireya mit sich.

* * *

Der Inspektor bog mit dem Auto vorsichtig in einen Weg voller Spurrillen und Risse ein, den ein Schild als Straße bezeichnete. Die aus dem Erdboden ragenden Felsen konnten das Fahrzeug beschädigen. Zu beiden Seiten erhoben sich luxuriöse Häuser, einige davon noch im

Bau. In diesem Vorort von Port-au-Prince stellte sich die Korruption in ihrer ganzen Hässlichkeit stolz zur Schau. Er hielt einen Moment an, um einen monströsen zweigeschossigen Bau zu betrachten, ein Gemisch aus griechischer, gotischer und kolonialer Architektur. Eine echte Scheußlichkeit, die aber sicher mehrere Hunderttausend Dollar gekostet hatte. Sie gehörte dem Chef einer den Machthabern nahestehenden Volksorganisation, einem Analphabeten, der früher im Stadtzentrum zerstoßenes Eis verkauft hatte und nun hier für eine seiner Konkubinen baute. Die Volksorganisationen, zum größten Teil mafiöse Banden, beanspruchten einen großen Teil der staatlichen Ressourcen, denn sie wurden von der Regierung großzügig dafür entlohnt, sich auf Kommando entweder ruhig zu verhalten oder Aufruhr zu entfachen.

Auf den umliegenden Hügeln reihten sich weitere Häuser aneinander. Sie gehörten Polizisten, die mit Drogen handelten, Schmugglern, Edelverbrechern und Schmarotzern an öffentlichen Geldern oder internationalen Hilfen. Aus ihrer ganzen Geschmacklosigkeit sprach der Wunsch der Emporkömmlinge, durch protzigen Firlefanz und gewaltige Ausmaße Eindruck zu schinden. Eine Frau mit einem Eimer Wasser auf dem Kopf wies dem Inspektor den Weg zum Haus von Wachtmeister Colin. Er bog in eine von Bougainvilleen gesäumte Allee ein und hielt vor einem silbern gestrichenen Tor. Ein Wächter mit einem Karabiner fragte ihn, was ihn herführte. Der Inspektor schaltete den Motor ab und zeigte dem Sicherheitsmann seine Dienstmarke. Er erklärte ihm, dass er Madame Colin dringend sprechen müsse. Der Wächter entfernte sich, um per Funk Meldung zu erstatten. »Der große Luxus«, dachte der Inspektor verstört, während er den Bau vor sich betrachtete. Wachtmeister Colin hatte nur ein paar Monate gebraucht, um das Grundstück zu erwerben und das Haus zu bauen.

»Madame Colin erwartet Sie«, meldete der Wächter und öffnete das Tor. »Parken Sie im Hof.«

Der Inspektor schaltete den Motor wieder ein. Er entschied sich, unter einem großen Mandelbaum mit üppigem Blätterdach zu parken. Während er aus dem Auto stieg, sah er eine junge Frau auf sich zukommen, deren Schönheit bereits verwelkte.

»Ich bin Madame Colin«, sagte die junge Frau und reichte ihm die Hand. »Mein Mann hat mir oft von Ihnen erzählt. Unnötig, bei dieser Hitze ins Haus zu gehen. Bleiben wir im Garten im Schatten.«

»Danke, dass Sie mich empfangen, Madame Colin«, sagte Inspektor Azémar ehrerbietig.

Sie lachte leise auf.

»Fühlen Sie sich nicht verpflichtet, höflich zu sein, Herr Inspektor. Ich weiß, dass Sie mich nicht besonders mögen.«

Er zog es vor, nicht zu antworten. Er hatte oft gebetet, nie unter den Einfluss einer solchen Frau zu geraten. Gottesanbeterinnen! Sie wollten alles besitzen. Der Mann war in ihren Augen nur ein Sklave, der ihre Geltungssucht zu befriedigen hatte.

Madame Colin führte ihn in einen sorgfältig gepflegten Garten, in dessen Mitte ein von Mosaiken eingefasstes Wasserbecken lag. Der Inspektor bewunderte eine Statue, einen Jüngling mit einem kleinen Delphin in den Händen, aus dessen Maul ein Wasserstrahl spritzte. Madame Colin wies auf eine Bank.

»Setzen Sie sich, Herr Inspektor.«

»Ich stehe lieber«, entschuldigte sich der Polizist, der sich angesichts des ganzen Luxus, der da zur Schau gestellt wurde, unbehaglich fühlte.

»Wie Sie wünschen«, sagte die junge Frau und zündete sich eine Zigarette an. »Sie fragen sich, wo Colin ist? Die Leute von der Kriminalpolizei waren gegen Mittag hier. Ich wiederhole, was ich schon gesagt habe: Seit einem Monat habe ich Colin nicht mehr gesehen.«

»Sie haben keinen Kontakt mehr zu ihm?«, wunderte sich der Inspektor.

Sie blies einen Rauchring in Richtung seines Gesichts.

»Nach dem Wenigen, was ich weiß, benimmt er sich seltsam, seit er sich mit dieser Frau trifft. Er wollte mich nicht mehr zur Kirche begleiten. Er sagte immer, er hätte den Weg des Teufels eingeschlagen und nur das Blut könnte ihn wieder auf den rechten Weg bringen.«

»Das Blut könnte ihn wieder auf den rechten Weg bringen!«, wiederholte der Inspektor verblüfft.

»Vor einem Monat ist er eines Abends hierhergekommen. Er hat seine Kleider zusammengepackt und ist gegangen. Ich wollte ihn zurückhalten. Er hat mich geschlagen. Zum ersten und ganz sicher auch zum letzten Mal, Herr Inspektor. Ich habe die Scheidung eingereicht.«

»Wissen Sie, wer diese Frau ist?«

»Ich hab's Ihnen doch schon gesagt, eine Amerikanerin. Eine Weiße. Mehr weiß ich nicht über sie.«

»Haben Sie keine Beschreibung dieser Frau?«

»Man hat mir gesagt, sie sei seltsam. Schön, aber sie soll aussehen wie eine Verrückte. Andere hätten versucht, alles über sie herauszufinden, sogar sie zu treffen. Ich nicht! Ich bin dafür zu stolz, zu hochmütig. Colin sollte sich glücklich schätzen, eine Frau wie mich zu haben. Er ist durchgedreht, Herr Inspektor. Sogar sein Freund Kommissar Biljoin, Gott sei seiner Seele gnädig, hat versucht, ihn zur Vernunft zu bringen.«

»Warum?«

»Colin wollte nicht mehr ...« – sie suchte nach dem richtigen Wort – »mit dem Kommissar im Team arbeiten. Er sagte, er wollte durch das Blut neu geboren werden. Diese Worte hat er immer wiederholt. Wenn ich ihn gebeten habe, es mir zu erklären, hat er eine betrübte Miene aufgesetzt und mir zur Antwort gegeben, wir seien beide in die Irre gegangen, doch ich sei verdammt und die Pforten des Himmels seien mir verschlossen.«

»War es Ihrer Meinung nach diese Frau, die ihn bekehrt hat?«

»Wer sonst, Herr Inspektor? Eine Frau vermag alles.«

»Kannte Kommissar Biljoin diese Frau?«

»Ich glaube nicht. Diese Frau ist Colins anderes Universum. Sie ist das Ungeheuer, das ihn verschlungen hat.«

»Ein weiteres Ungeheuer«, bemerkte der Inspektor.

»Ich weiß, dass Sie mich verachten, Herr Inspektor«, gab die junge Frau zurück. »Wenn Sie wüssten, in welcher Armut ich aufgewachsen bin, würden Sie mich verstehen.«

»Das sagen sie alle«, antwortete der Inspektor.

»Ich begleite Sie hinaus«, sagte Madame Colin trocken und gab dem Inspektor so zu verstehen, dass das Gespräch beendet war.

Er folgte der jungen Frau wortlos. Tausend Gedanken drängten sich in seinem Kopf. Eine über zwanzigjährige Berufserfahrung hatte ihn gelehrt, dass die Wahrheit nicht wie in gewissen allzu simplen Kriminalromanen in einer Ansammlung handfester, greifbarer Beweise lag. Oft musste man mit verstreuten Elementen arbeiten, zwischen denen es manchmal keinerlei Verbindung gab. Nur mit einer besonderen mentalen Einstellung konnte man sich dann seinen Weg durch das Dickicht der menschlichen Existenz bahnen.

»Glauben Sie, dass Colin Kommissar Biljoin ermordet hat?«, fragte der Inspektor, während er das Tor öffnete.

»Colin ist kein Mörder«, antwortete sie. »Ich glaube, er hat Pläne geschmiedet, um mit dieser Frau wegzugehen. Die anderen wollten das nicht.«

»Die anderen?«

»Die Leute, für die Colin und Biljoin gearbeitet haben.«

»Warum dann Biljoin und nicht Colin?«

Sie zuckte mit den Schultern.

»Sie waren gute Freunde. Vielleicht wollte Biljoin Colin schützen. Wer weiß?«

Er setzte sich ins Auto.

»Trotzdem vielen Dank, Madame Colin«, sagte der Inspektor, bevor er den Schlüssel ins Zündschloss steckte. »Ich hoffe, ich finde Ihren Mann, bevor es zu spät ist.«

»Soll er zum Teufel gehen mit seiner Weißen«, sagte Madame Colin zornig.

Sie zeigte mit einer Handbewegung auf ihr Anwesen.

»Er ist der Verlierer bei diesem Tausch. Soll er doch im Blut neu geboren werden, wie er so gern gesagt hat. Meine Wiedergeburt ist das hier.«

Noch lange, nachdem er das Tor passiert hatte, glaubte Dieuswalwe Azémar Madame Colins schrilles Lachen zu hören. Er beglückwünschte sich dazu, dass er ihr von der Verwandlung ihres Mannes nichts gesagt hatte. Es hätte dieser Frau zu großes Vergnügen bereitet.

Nachdem er das Auto zur Wache zurückgebracht hatte, ging er bei Madame Baptiste vorbei. Der Inspektor fand, dass sie den besten *tranpe* der ganzen Stadt verkaufte. Niemand konnte wie sie die Rinden, Wurzeln und Kräuter zur Aromatisierung des *kleren** dosieren, der ihr jede Woche von ihrem Onkel, einem Zuckerrohrpflanzer auf dem Zentralplateau, geschickt wurde. In ihrem Geschäft, einem Zelt an einer belebten Straße, stellten sich Punkt zwölf Uhr Beamte mit kleinem Geldbeutel, windige, auf alle möglichen Kniffe spezialisierte Rechtsanwälte, Lehrer, Schüler und Studenten ein. Wenn sich dann am späten Nachmittag das Stadtzentrum von der zwielichtigen Fauna leerte, von der das Land befallen war, war ihr Ausschank stets voll besetzt. Bei Madame Baptiste wurde zu allen Tages- und Nachtzeiten getrunken und endlos diskutiert: über die mögliche Rückkehr des verrückten Priesters, den man schon zweimal zum Verlassen des Landes gezwungen hatte, über ein Gesetz, das im Parlament eingebracht worden war, um den Bürgern durch eine höhere Besteuerung von Telefonanrufen das Geld aus der Tasche zu ziehen, über die mutmaßliche Verwicklung eines Senators in den unaufhörlich anwachsenden Kokainschmuggel an der Südküste des Landes.

Dieuswalwe Azémar kannte alle Kunden von Madame Baptiste, aber an diesem Nachmittag schlug er die Einladungen zum nächtlichen Gelage aus. Er ließ sich zwei Flaschen abfüllen und nahm die Tasche, die er Madame Baptiste zur gewissenhaften Verwahrung anvertraut hatte, wieder an sich. Durch einen Anruf bei Willio, seinem Mechaniker, erfuhr er, dass er sein Auto erst in einer Woche wiederbekommen würde. Er beschloss, zu Fuß zu gehen. Dadurch würde er vielleicht einen klaren Kopf bekommen. Bis zu seiner Wohnung im Viertel Bah-Peu-de-Chose würde er vierzig Minuten unterwegs sein. Die Hitze belagerte die Stadt weiter, obwohl der Feuerregen der Sonne nicht mehr auf sie niederging. Der Asphalt gab nun die gespeicherte Energie wieder ab. Man musste auf eine glühend heiße Nacht gefasst sein. Wenn auch noch die Mücken hinzukamen, würde es höllisch werden. Die Migräne hatte noch heftiger wieder eingesetzt.

Ohne zu wissen, warum, dachte er an das irre Lachen von Sister Moon. Es war nicht normal, dass eine solche Gestörte in einem Pensionat Kinder betreuen durfte. Er sagte sich, dass es keine gute Idee gewesen war, Mireya dort unterzubringen. Was wusste er eigentlich über die Kirche vom Blut der Apostel? Er hatte lediglich eine weitere amerikanische Sekte gesehen, die kam, um den Voodoo, die Teufel und die animistischen Glaubensvorstellungen zu bekämpfen. Eine weitere Sekte, die der katholischen Kirche das Wasser abgrub. Die Leute bekehrten sich, um der Angst, der Macht der *hougan** und der *bòkò* zu entkommen, aber auch der materiellen Vorteile wegen, die die neue Kirche bot. Der Inspektor war von der praktisch kostenlosen Schulbildung angetan gewesen, die diese Einrichtung der Kirche vom Blut der Apostel bot, aber auch und vor allem von den guten Prüfungsergebnissen, deren sie sich rühmte.

Er ging langsam. Am Nationalpalast entlang, über das Marsfeld und vorbei an einem renommierten, inzwischen geschlossenen Kino, dann bog er in die große Hauptverkehrsstraße ein. Sie führte zu einem Hotel, das sich rühmte, große Namen des Jetset beherbergt zu haben, insbesondere Mick Jagger und Graham Greene. Letzterer hatte mit seinem Roman *Die Stunde der Komödianten* den Zorn des berüchtigten Diktators François Duvalier erregt. Im Gehen untersuchte Azémar alle bekannten Größen des Problems, vor dem er seit dem Hilferuf von Wachmeister Colin stand. Sie mussten die Lösung enthalten; es galt, sie aus den disparaten Elementen herauszudestillieren, die ihm zur Verfügung standen. Dass Mireya Wachtmeister Colin im Traum als Schwein gesehen hatte, verkomplizierte die Lage. Sollte er den Traum angesichts der psychischen Fähigkeiten des Kindes – niemand hatte je verstanden, wie in La Brésilienne die Glocken verstummt waren – als objektives Beweistück ansehen oder als bloßen Zufall? Er entschied sich, ihn als objektives Beweisstück zu behandeln.

Er musste alle Elemente des Falls auf sich wirken lassen und durfte sie nicht gemäß der westlichen Auffassung von Objektivität sortieren. Im Laufe seiner Erfahrungen hatte er sich davon überzeugen können, dass oft das, was zunächst am abstrusesten, am irrationalsten wirkte, der Schlüssel zu einer Realität war, die man sich nur schwer hätte vorstellen können. Dort, wo die Grenze zwischen Wirklichkeit und Einbildung nur schwer zu ziehen war, musste er sich mit dem Verstand im Slalom zwischen den gegebenen Größen bewegen und so versuchen, die Eindrücke, die er aufnahm, und die Erklärungen, die in seinem Geist flüchtig aufblitzten, miteinander zu verweben. Er versuchte erneut, den Fall zu rekapitulieren.

Mireya hat von Wachtmeister Colin mit Schweineohren geträumt. Etwa 48 Stunden später bittet ihn Wachtmeister Colin, der sich nicht mehr gemeldet hat, seit er ihm seinen Weggang angekündigt hat, telefonisch um Hilfe. Er begibt sich zu dem Wachtmeister, der zur Hälfte in ein Schwein verwandelt ist. Colin behauptet, sich nur an eines zu erinnern, nämlich dass er einen Koffer nach Delmas bringen musste. Er, Inspektor Azémar, fährt dorthin und findet nichts außer einem Keller, der zu einer Art Bunker ausgebaut ist. Wozu dient der? Zum Verarbeiten von Drogen oder zu den dämonischen Zeremonien, von denen die Haitianer gelegentlich erzählen? Es gibt keinerlei Indizien. Was ihm Kopfzerbrechen bereitet, ist dieser Geruch nach Desinfektionsmitteln und Weihrauch. Der Sicherheitsmann, den er befragt, versichert anders als Wachtmeister Colin, dass diejenigen, die sich im Bunker zu schaffen machen, im Anschluss an ihr seltsames Tun anderen Personen Koffer übergeben. Zur An- und Abreise benutzen sie einen Lieferwagen mit verdunkelten Fenstern. Die Telefonnummer, die der Sicherheitsmann ihm gibt, gehört einem Amerikaner, der sich seit drei Jahren nicht mehr in Haiti aufhält. Dieser Amerikaner hat die Kirche vom Blut der Apostel in Haiti etabliert. Dann ist da dieser Venezolaner, den Wachtmeister Colin logischerweise kennen musste. Colin, der sich in einem Haus im Stadtteil Bourdon verkriecht, lässt den Venezolaner zu sich vordringen, aber das Treffen nimmt eine jähe Wendung. Die beiden Männer liefern sich einen erbitterten Kampf. Colin kann entkommen. Eine Leistung, denn Andrade ist ganz offensichtlich kein Waisenknabe. Bestimmt ein Killer des Kartells. Hat Colins Zustand den Killer aus der Fassung gebracht und dem Polizisten die Flucht erleichtert? Wahrscheinlich. Warum hat der Venezolaner sonst im Verhör behauptet, die Haitianer seien allesamt Hexer?

Dann sind da die Aussagen von Madame Colin. Der Polizist soll die eheliche Wohnung schon vor einem Monat verlassen haben. Er soll Umgang mit einer Frau haben, einer weißen Amerikanerin. Der Wachtmeister gibt wirre Antworten, in denen immer wieder vom Blut die Rede ist. Madame Colin ist der Meinung, dass diese Frau ihn bekehrt hat. Aber wozu? Zu einer Kirche? Einer Sekte? Ihr Ehemann will seine – sehr lukrative – illegale Tätigkeit einstellen. Kommissar Biljoin hat sicher versucht, ihn zur Raison zu bringen. Im Drogengeschäft kann man nicht so einfach einen Rückzieher machen. Madame Colin spricht von der Freundschaft zwischen den beiden Männern. Wurde der Kommissar bei dem Versuch getötet, Colin zu schützen? Colin ist am Kopf verletzt. Als Biljoin getötet wurde, war er vielleicht bei ihm. Was war genau passiert?

Und dann ist da noch ein Ereignis, das obskurste und das beunruhigendste von allen: Das Armband, das im Schlafsaal verlorengegangen ist, gelangt durch wer weiß welche Zauberei in Colins Hände. Mireya träumt, dass Colin in ein Schwein verwandelt wurde! War Colin im Pensionat? In welcher Verbindung steht Colin zum Pensionat und allgemeiner zur Kirche vom Blut der Apostel?

Vertieft in seine Gedanken bemerkte Azémar nicht, dass er zu Hause angekommen war. Er war schweißgebadet und hielt eine beinahe leere Flasche *tranpe* in der Hand. Vor der Tür lag ein Umschlag mit dem Briefkopf des Ministeriums für Soziales. Er nahm ihn, riss ihn auf und fand darin eine Kopie des von ihm unterzeichneten Schriftstücks, mit dem er das Sorgerecht für seine Tochter abgegeben und so die Kirche vom Blut der Apostel ermächtigt hatte, über ihre Zukunft zu entscheiden. Einen Sekundenbruchteil lang dachte er, dass er wahnsinnig gewesen sein musste, in so etwas einzuwilligen. Sein Anwalt hätte die Sache verschleppen können. Er seufzte. Nein! Er hatte keine Chance. Alles sprach gegen ihn. Das Wichtigste war, dass Mireya dieses Land verließ, in dem die Hyänen, Schweine und Geier furchtlos herumstolzierten. Er hatte die Adoption, die die Kirche vom Blut der Apostel vorschlug, als extremes, radikales Mittel akzeptiert. Er hatte keine Wahl gehabt.

Er öffnete die Tür und trat in das unaufgeräumte Wohnzimmer. Er schwankte ein wenig, denn die Migräne setzte wütend wieder ein. Er ging ins Badezimmer und drehte den Wasserhahn der Dusche auf in der Hoffnung, dass die Leitungen inzwischen repariert waren. Ein starker Strahl schoss heraus und spritzte über den Rand der alten Zinkbadewanne. Das Wasser war lauwarm und roch leicht faulig. Als der Inspektor sich auszog, klingelte sein Handy. Er hoffte, dass es Wachtmeister Colin sei. Wo war er zurzeit? War er von seinen Verfolgern eingeholt und getötet worden? In welchem Stadium seiner Verwandlung befand er sich? Er sah nach der Nummer auf dem Display. Es war ein dienstlicher Anruf.

»Hallo«, sagte der Inspektor mit schwerer Zunge.

»Hier Kommissar Solon, Inspektor. Wissen Sie, dass Mireya und ich zu den Erwählten gehören?«

»Ich verstehe nicht, Herr Kommissar«, sagte der Inspektor, überrascht über diese Gesprächseröffnung.

»Mireya und ich haben die Blutgruppe A Rhesus negativ. Wie Sie wissen, ist das die seltenste Blutgruppe beim Menschen. Ich habe gerade einen vollständigen Bericht über diesen Jeffrey Housle und die Kirche vom Blut der Apostel erhalten. Ein grundlegender Lehrsatz dieser Sekte besagt, dass alle Männer und Frauen mit der Blutgruppe A Rhesus negativ gerettet werden. Sie sind demokratischer als die Zeugen Jehovas. Die sprechen von 144 000 Erwählten am Ende der Zeiten, auserkoren von Gott nach Kriterien, die nur ihm bekannt sind. Für die Apostel sind es die Menschen mit der Blutgruppe A negativ. Natürlich nur reinblütige weiße Angelsachsen. Die Kirche hatte in mehreren Staaten mit der Justiz zu tun.«

»Weswegen?«

»Steuerhinterziehung, genetische Manipulationen und Organhandel.«

»Organhandel?«, wunderte sich der Inspektor.

»Der Sekte gehören einige geriatrische Forschungszentren. Ich habe den Bericht nur überflogen. Er ist jetzt zu Ihnen unterwegs. Ich frage mich nun, was eine solche Kirche in Haiti macht. Viel Glück, Inspektor.«

»Danke für Ihre Hilfe, Herr Kommissar.«

»Noch einmal Entschuldigung wegen diesem Venezolaner, Inspektor. Das ist ein großer, sehr großer Fisch. Zu groß für Sie und mich. Mir ist an einem friedlichen Vorruhestand gelegen.«

»Wollen Sie nicht die Mörder Ihres Kollegen finden?«, fragte der Inspektor.

»Ich hätte es sicher vermieden, in das Wespennest zu stechen, an das er geraten ist, Inspektor. Sie bekommen den Bericht in den nächsten Minuten.«

Der Kommissar legte auf. Der Inspektor konnte seinen Vorgesetzten verstehen. Die Ermittlungen zum Mord an Kommissar Biljoin gingen dem Ende entgegen. Im besten Fall würden sie nicht ewig dauern. »Die Ermittlungen gehen weiter«, wie die Haitianer gern sagen. Marasa hatte mehr Glück, denn Dorilus war entschlossen, den Mörder des *bòkò* dingfest zu machen. Zumal die seltsame Kreatur, die er verfehlt hatte, sicherlich Druck machte. Alle, die glaubten, von Marasa irgendeine Gabe erhalten zu haben, hatten jetzt bestimmt die Hosen voll. Der Zorn der Hölle würde über sie kommen, wenn sie den Geistern nicht den

Ungläubigen auslieferten, der es gewagt hatte, das Blut Marasas und seiner Diener zu vergießen.

Der Inspektor stellte sich unter die Dusche. Das lauwarme Wasser beruhigte den Tumult in seinem Kopf. Er blieb dort gute zwanzig Minuten und versuchte, Ruhe in seine Gedanken zu bringen. Er dachte an Mireya. Nicht an das Kind. An die andere Mireya, die er in La Brésilienne getroffen hatte. Er versuchte, sich ihre einzige Liebesnacht in einem schmutzigen Hotelzimmer in Erinnerung zu rufen. Er roch ihre Haut. Er spürte die Berührung ihres Körpers. Das Gefühl war so schmerzlich, dass er mit erigiertem Glied aus der Badewanne sprang. Er griff sich die Flasche *tranpe* vom Tisch und trank den kleinen Rest darin in einem Zug aus. Im selben Moment klopfte es an der Tür. Er zog einen Bademantel über und öffnete.

Ein Polizist von der Wache brachte ihm den Bericht, den ihm der Kommissar versprochen hatte. Er bedankte sich, entließ den Boten und streckte sich im einzigen Sessel aus, der im Wohnzimmer stand. In den Fernsehnachrichten wurde wieder einmal gemeldet, dass die Ermittlungen zu den Morden bei den Stinkenden Quellen Fortschritte machten. Der Mörder würde innerhalb der nächsten Stunden hinter Schloss und Riegel sitzen. Dieuswalwe Azémar vertiefte sich in den Bericht. Die Kirche vom Blut der Apostel betrieb fünf geriatrische Zentren, von denen zwei ausschließlich für die Würdenträger der Kirche bestimmt waren. Eines der beiden war wegen einer undurchsichtigen Affäre um Organtransplantationen, die nicht den amerikanischen Normen entsprachen, einige Monate geschlossen gewesen. Der Bericht ging auf die Einzelheiten nicht ein. Der Inspektor überflog rasch die kurze Vorstellung der Sekte, die ein Pastor bulgarischer Herkunft in einer Kleinstadt im tiefsten Arkansas gegründet hatte.

Ein Dreh- und Angelpunkt ihrer Lehre war, dass die Männer und Frauen mit der Blutgruppe A Rhesus negativ als Einzige dazu prädestiniert waren, ins Paradies einzugehen. Vorzugsweise Arier natürlich. Dieser Lehrsatz beruhte auf angeblichen Forschungen des Sektengründers, denen zufolge Jesus Christus und seine zwölf Jünger einschließlich Judas allesamt die Blutgruppe A Rhesus negativ gehabt hatten. Jeffrey Housle wiederum war vor acht Jahren in Haiti angekommen. Er wurde zurzeit in einer Spezialabteilung des Geriatriezentrums der Sekte stationär behandelt und wartete auf eine Nierentransplantation. Unter seiner Leitung hatte sich die Sekte innerhalb von zwei Jahren fest etabliert: Tempel, Schulen und zwei Pensionate, darunter das von Mireya.

Der Inspektor legte das Dossier weg. Er schenkte sich ein weiteres Glas *tranpe* ein. Er war sicher, dass er in eben diesem Moment auf etwas Wichtiges gestoßen war. Er spürte, dass die Lösung des Problems zum Greifen nah war, es gelang ihm jedoch nicht, die flüchtigen Blitze festzuhalten, die seine Gedanken in regelmäßigen Abständen erhellten. Der Alkohol nützte ihm nun nichts mehr. Sein Blut war gesättigt. Es gab nichts, was ihm zu Hilfe kommen konnte. Wenn er das Problem lösen wollte, musste er ruhiger werden. Was ihn beunruhigte, war das quälende Gefühl, dass die Zeit drängte. Die Glühbirne an der Decke erlosch plötzlich. Wieder ein Stromausfall. Er zündete rasch eine Kerosinlampe an. Die Flamme, die den Docht in Brand setzte, faszinierte ihn. Es war, als wäre dieser Lichtschein imstande, verborgen daliegende Dinge dem Schatten zu entreißen. Mit nicht vom Alkohol, sondern vor Erregung zitternder Hand wählte er eine Telefonnummer. Sie gehörte einem ehemaligen Jahrgangskameraden von der Polizeischule, der bei der Kriminalpolizei für die Datenbank zuständig war. Einem der wenigen, mit denen er in Kontakt geblieben war.

»Hallo Michel? Hier Dieuswalwe.«

»Dieuswalwe! Ich hab schon monatelang nichts mehr von dir gehört.«

»Ich habe eine dringende Anfrage, Michel.«

»Ich bin zu Hause, nicht im Büro«, stellte sein Freund eilig klar.

»Eben drum«, antwortete Inspektor Azémar. »Ich weiß, dass deine Dateien zu Hause verlässlicher sind als die auf der Wache.«

»Meine Kompetenz wird in diesem Land nicht gebraucht«, klagte Michel. »Ich bin mir aber sicher, dass meine Arbeit eines Tages von großem Nutzen sein wird. Sonst hätte ich schon längst den Dienst quittiert. Dadurch, dass ich auf meinem Posten bleibe, kann ich Informationen für meine Dateien sammeln.«

»Genau deswegen bist du der Einzige, der mir helfen kann, Michel. Du musst für mich herausfinden, welche Verbindung zwischen den Kindern, die in den letzten vier Jahren verschwunden sind, der Kirche vom Blut der Apostel und der Blutgruppe A Rhesus negativ besteht.«

»Der Blutgruppe A Rhesus negativ?«

»Das gehört zur Lehre der Sekte. Bei ihr werden nicht mehr 144 000 Menschen gerettet wie bei den Zeugen Jehovas, sondern nur die Männer und Frauen mit A Rhesus negativ. Jesus und seine Jünger sollen alle diese Blutgruppe gehabt haben.«

»Ach du Scheiße!«, rief Michel. »Es gibt schon Spinner auf dieser Welt.«

»Beeil dich. Ich habe keine Zeit zu verlieren.«

»Ich rufe dich in einer halben Stunde zurück«, antwortete Michel.

Inspektor Azémar ließ sich in seinen Sessel fallen. Er genehmigte sich ein weiteres Glas. Die Tasche, die er bei Madame Baptiste abgeholt hatte, hatte er in Griffweite auf einen Hocker gestellt. Er nahm sie und öffnete sie. Die nagelneue Beretta und die zwei Magazine waren da. Die Waffe, ein Geschenk von Kommissar Solon, war in einem New Yorker Waffengeschäft gekauft worden. Nach ihr suchte Kommissar Dorilus. Sie war nirgendwo registriert. Dieuswalwe nahm die Beretta in die Hand. Geringes Gewicht. Leichtgängiger Abzug. Ein Kind hätte sie benutzen können. Er hatte immer eine Schwäche für Waffen gehabt, aber es war das erste Mal, dass er ein solches Wunderwerk besaß. Die Wirkung, die die Pistole auf ihn ausübte, wunderte ihn selbst. Erregend. Sie verlieh ein Gefühl der Macht. Wer seine Gefühle nicht in den Griff bekam, wenn er eine Waffe in der Hand hielt, wurde zur Gefahr. Es klopfte erneut an der Tür. Der Inspektor erstarrte. Kommissar Dorilus? Nein! Er hatte keinen Grund wiederzukommen. Er war jetzt sicher überzeugt, dass der Inspektor nicht den Fehler begehen würde, ein Beweisstück herumliegen zu lassen, das ihn in dem Fall der Morde an den Stinkenden Quellen belasten konnte.

»Mach auf, Dieuswalwe!«, rief eine Frauenstimme. »Ich bin's, Marthe. Ich habe Doris dabei.«

Er richtete sich mit einer Schnelligkeit auf, die man ihm nicht zugetraut hätte. Den Jahren und dem Alkohol zum Trotz hatte er sich auch ohne regelmäßige körperliche Aktivität eine Vitalität bewahrt, die seine Kollegen mitunter erstaunte – jene Kollegen, die ihn hinter seinem Rücken gern als Trunkenbold und Leiche auf Urlaub bezeichneten. Er überprüfte die Identität der Besucherin durch die Ritzen der Jalousie, bevor er die Tür aufschloss. Marthe trat mit ihrer Tochter im Arm ein. Ihre Haare waren zerzaust. Offensichtlich hatte sie sich in aller Eile angezogen. Das Kind war barfuß und trug noch sein Krankenhausnachthemd.

»Was ist los, Marthe? Doris sollte im Krankenhaus sein.«

»Es ist in Doris' Zimmer gekommen!«, schrie Marthe. »Ich hab's gesehen. Wenn ich nicht geschrien hätte, hätte es ihr vielleicht die Seele genommen.«

»Was hast du gesehen?«, fragte der Inspektor.

»Dieses Ding da. Ein Mensch, der ging wie ein Krebs, mit den Händen auf dem Boden wie ein Tier. Er sah aus wie eine Spinne. Ich habe geschrien. Er ist zum Fenster hinausgesprungen. Als ich den Sicherheitsmann gerufen habe, hat der nur gesagt, ich sollte sehen, wie ich klarkomme, denn ich wäre engagiert.«*

»Und dann bist du mit Doris geflohen?«

»Was hätte ich denn machen sollen?«, heulte Marthe schon fast hysterisch. »Du hast mir was verheimlicht, Dieuswalwe. Er war nicht allein, stimmt's? Deswegen wurde er Marasa genannt.«*

Sie sank in den Sessel, ihre Tochter immer noch im Arm. Das Kind war von dem Geschrei der Mutter nicht aufgewacht.

»Du bist verrückt, Dieuswalwe. Ich hätte zahlen sollen, das wäre einfacher gewesen.«

»Du weißt nicht, was du redest, Marthe. Du drehst durch. Deine Tochter ist gerettet. Wir können uns nicht ewig von Hochstaplern hinters Licht führen lassen, Marthe. Wir können gegen sie kämpfen.«

Er fasste die junge Frau unter das Kinn und zwang sie, ihm gerade in die Augen zu sehen.

»Wir dürfen ihnen keine Macht über unser Leben geben«, sagte er mit Nachdruck. »Sie halten uns in ihrem Griff, indem sie uns in Schrecken versetzen. Wir dürfen nur keine Angst mehr haben, und die Kette zerreißt. Das, was von Marasa übrig ist, wird dasselbe Schicksal erleiden wie die andere Hälfte. Hast du verstanden?«

Sie war außer Atem. Ihr Gesicht war tränenüberströmt. Ihr Blick wurde von dem des Inspektors förmlich verschlungen. Sie beruhigte sich ein wenig.

»Jetzt hast du die Situation unter Kontrolle«, sagte der Inspektor betont deutlich, »du und nicht die Überreste von diesem Ungeheuer. Du bleibst bei mir, bis die ganze Sache zu Ende ist. Hierher wird es sich nicht trauen.«

Sein Telefon klingelte. Er wandte sich von Marthe ab, um den Anruf anzunehmen. Es war Michel.

»Ich habe keine Verbindung zwischen der Sekte, von der du sprichst, und vermissten Kindern gefunden.«

»Scheiße«, fluchte der Inspektor.

»Dafür habe ich etwas anderes gefunden, dem man nachgehen sollte.«

»Was?«, fragte der Inspektor mit klopfendem Herzen.

»Ein Adoptionsnetzwerk, das mit der Sekte verbunden ist.«

»Was hat es damit auf sich?«

»In den letzten drei Jahren wurden etwa dreißig Kinder von Sektenmitgliedern adoptiert. Einige von diesen Mitgliedern wohnen in den USA, andere nicht.«

»Und?«

»Normalerweise wird die Blutgruppe in den Adoptionspapieren nicht erwähnt. Aber bei den Kindern, die von der Kirche vom Blut der Apostel adoptiert wurden, wird die Blutgruppe überall angegeben. 17 von ihnen haben A negativ.«

»Und weiter?«

»Die Kinder mit der Blutgruppe A negativ wurden laut den Akten allesamt von Sektenmitgliedern in Belize, Honduras, Costa Rica und Mexiko adoptiert.«

»Warum wurde dieser Unterschied gemacht? Nach der Lehre der Sekte hätten sie bevorzugt werden müssen. Sie müssten in den USA sein.«

»Es ist noch seltsamer, Dieuswalwe«, sagte Michel. »Ich habe mir erlaubt, bei den Adressen, die in den Akten stehen, anzurufen. Die Adoptiveltern in den USA bekommt man leicht ans Telefon. Aber die anderen, die die Kinder mit A negativ adoptiert haben, nicht. Ich würde meine Hand dafür ins Feuer legen, dass es diese Adressen und Telefonnummern gar nicht gibt.«

»Wo sind die Kinder dann geblieben?«, fragte Inspektor Azémar.

»Das musst du herausfinden, du bist der Bulle«, antwortete Michel mit düsterer Stimme. »Laut den Akten der Auswanderungsbehörde haben die Kinder das Land verlassen, aber hier kann man ja alles türken, das weißt du besser als ich.«

»Gott stehe uns bei«, sagte der Inspektor, der spürte, wie ihm der Boden unter den Füßen wegsank.

»Noch etwas, Dieuswalwe. Pass auf, worauf du dich einlässt. Die Sache stinkt. Es gibt vielleicht hochgestellte Personen, die von dem Schmuggel profitieren. Wie immer!«

Dieuswalwe Azémar legte auf. Er griff sich seine Jacke und steckte die Beretta an seinen Gürtel. Marthe sah ihn beunruhigt an.

»Wohin gehst du?«

»Mireya ist in Gefahr.«

»Und wenn es hierherkommt?«

»Was?«

»Dieses Ding. Die andere Hälfte von Marasa.«

Dieuswalwe Azémar nahm seinen Smith & Wesson, den er auf dem Esstisch hatte liegen lassen, und reichte die Waffe Marthe.

»Er ist einfach zu handhaben. Du gehst so in Anschlag, zielst auf den Kopf, und dann drückst du auf den Abzug.«

»Das bringe ich nicht fertig«, jammerte Marthe.

»Es geht um das Leben deiner Tochter«, schalt sie der Inspektor. »Vergiss nicht: So etwas lebt von unserer Angst und unserer Unwissenheit. Man muss es zertreten wie Kakerlaken. Magst du Kakerlaken?«

Marthe schüttelte den Kopf.

»Dann denk an Kakerlaken, damit du abdrücken kannst. Ich hoffe, ich bin bald zurück.«

Sie nahm die Waffe. Sie wusste, dass sie es niemals über sich bringen würde, auf den Abzug zu drücken. Der Polizist stürmte davon, als wäre ihm der Teufel auf den Fersen.

Draußen herrschte Halbdunkel. Dieuswalwe fand kein Taxi. Er erblickte einen mit Sand überladenen Lastwagen. Der Sand kam aus den Gruben, deren Schließung die Behörden ständig versprachen, da sie Hunderttausende von Menschenleben aufs Spiel setzten. Die, die vom Abbau profitierten, hatten jedoch einen langen Arm, und so blieb es bei Gejammer und frommen Wünschen. Der Berg zerbröckelte. Wenn ein einfacher Tropensturm die Gegend heimsuchte, würde es zur Katastrophe kommen. Als der Inspektor dem Fahrer Zeichen machte, er solle anhalten, glaubte dieser sicher, jemand wolle Sand für seinen Hausbau kaufen. Er hatte nicht die Zeit zu reagieren. Dieuswalwe öffnete einfach die Tür des Führerhauses und hielt dem Fahrer das schwarze Maul seiner Beretta vors Gesicht.

»Ich brauche deine Hilfe, Staatsbürger«, sagte der Inspektor und zeigte ihm seine Polizeimarke.

Der Fahrer zögerte nur kurz. Als Lastwagenfahrer war er es gewohnt, rasch zu entscheiden. Sein Leben konnte davon abhängen. Er zweifelte nicht an der Echtheit des Abzeichens, obwohl der Polizist so gar nicht wirkte wie ein Beamter zum Schutz der öffentlichen Ordnung: Er stank dermaßen nach Alkohol, dass es auch ihn störte, obwohl er Lastwagenfahrer und selbst dem *tranpe* zugetan war. In seinem Aufzug wirkte der Inspektor wie ein Stadtstreicher. Die wenigen Haare, die er noch hatte, waren zerzaust. Seine blutunterlaufenen Augen zeugten von der riesigen Menge Alkohol, mit der sein Körper getränkt sein musste. Wer weiß, ob er nicht unter Kokain stand. Seit diese verdammten populistischen Politiker an der Macht waren, zirkulierte die Droge ungehindert in den Slums und in den Kleine-Leute-Vierteln. Die Randalierer und Reifenanzünder, die zum Teil noch Kinder waren, wurden mit Koksrationen bezahlt. Es war wirklich abscheulich, dachte der Fahrer. Hätte der Verrückte nicht diese Waffe auf ihn gerichtet, die bestimmt geladen war, hätte er reagieren können. Er verwahrte unter dem Sitz immer einen Baseballschläger, ein Geschenk eines seiner Söhne, der in Miami wohnte.

»Was willst du?«, fragte der Fahrer mit tonloser Stimme.

»Ich muss zum Pensionat der Kirche vom Blut der Apostel. Ich hab's eilig. Fahr los.«

Er gehorchte wortlos. Der Inspektor lotste ihn peinlich genau, wahrscheinlich um den Polizeipatrouillen auszuweichen. Der Verkehr wurde flüssiger. Die Nacht brach herein. Es war immer noch so heiß. Nicht der leiseste Hauch einer Brise. Nicht eine Wolke am Himmel. Da die Stadt zum Teil im Dunkeln lag, konnte man Trauben von Sternen vom tiefschwarzen Himmel hängen sehen.

»Was willst du im Pensionat?«, fragte der Fahrer.

»Meine Tochter abholen.«

Sollte er diese Entführung lebend überstehen, dachte sich der Fahrer, dann hätten seine Freunde und er Gesprächsstoff. Der Lastwagen fuhr mühsam eine Steigung voller Schlaglöcher hinauf, wich einem Abfallhaufen mitten auf der Straße aus und bog dann in eine Gasse ein, die tagsüber von einem illegalen Markt belegt war. Schließlich landete er auf einer fast menschenleeren Straße, die auf das große Gittertor zuführte. Der Inspektor befahl dem Fahrer anzuhalten und nahm danach sofort die Wagenschlüssel an sich.

»Nicht, dass du dich davonmachst. Ich brauche dich noch.«

»Ich hab dich dorthin gefahren, wo du hinwolltest«, protestierte der Fahrer.

»Jammer so weiter, und du kriegst eine Kugel in den Kopf«, drohte der Inspektor. »Ich kann den Lastwagen auch selber fahren, stell dir vor.«

»Reg dich nicht auf«, bat der Fahrer. »Ich warte auf dich. Ich hänge an meinem Leben und an meinem Lastwagen, er ist alles, was ich besitze.«

Dieuswalwe Azémar öffnete die Tür und sprang auf den Gehsteig hinunter. Mit entschlossenem Schritt ging er zum Tor. Dahinter stand ein Wachmann mit einem Gewehr, Kaliber 12, und beobachtete die Straße. Der andere saß auf einem Stuhl und sprach unter lautem Gelächter in sein Handy.

»Ich muss Sister Marie-Josée sprechen«, sagte der Inspektor. »Es ist dringend.«

»Um diese Zeit?«, wunderte sich der Wachmann und musterte ihn geringschätzig. »Nach fünf Uhr nachmittags empfängt sie keine Besucher.«

Der Inspektor schwenkte seine Polizeimarke.

»Es geht um Leben und Tod. Meine Tochter ist in Gefahr. Ich muss Sister Marie-Josée sprechen.«

»Kommen Sie morgen wieder«, sagte der Wächter in verächtlichem Ton. »Ihre Dienstmarke nutzt hier nichts. Das hier ist eine amerikanische Einrichtung.«

»Darauf scheiße ich!«, brüllte der Inspektor. »Ich muss mit Sister Marie-Josée sprechen.«

Der Wächter lud sein Gewehr durch. Der andere, der telefonierte, stand, bewaffnet mit seiner Pistole auf, um seinem Kollegen beizustehen.

»Gibt's ein Problem, Gérard?«

»Der Herr behauptet, er wäre von der Polizei. Er will die Direktorin sprechen.«

»Er soll morgen früh wiederkommen. Es ist acht Uhr abends.«

»Fickt euch ins Knie!«, schrie der Inspektor zornig.

Er war über die Maßen wütend. Er hatte keine Zeit mehr. Er hatte zwar nur bruchstückhafte Erkenntnisse, aber die reichten aus, um zu verstehen, dass er schnellstens handeln musste. Er kehrte zum Lastwagen zurück. Der Fahrer war entflohen, da er sicher fand, sein Leben sei kostbarer als das Fahrzeug. Die beiden Wächter kümmerten sich nicht mehr um den nach Alkohol stinkenden Mann, obwohl ihnen der gerade eine offensichtlich echte Polizeimarke unter die Nase gehalten hatte. Sie setzten sich ins Wächterhäuschen, um auf einem kleinen Fernseher, der auf einer Bank stand, die Wiederholung eines Fußballspiels der italienischen Liga zu verfolgen, als sie das Aufheulen eines Motors hörten. Gleich darauf gab es einen ohrenbetäubenden Aufprall und eine große Staubwolke. Sie merkten, dass das Tor aufgebrochen war, und ergriffen ihre Waffen, um sich dem Angreifer entgegenzustellen.

»Steigen Sie aus!«, schrie einer der Wächter.

Das Fahrzeug war mit zerbeulter Fronthaube zum Stehen gekommen. Aus dem Motor spritzte ein kochender Wasserstrahl.

»Steigen Sie aus oder wir eröffnen das Feuer!«, warnte der andere.

Der, der gerade gesprochen hatte, fühlte den Druck von kaltem Metall an seinem Nacken.

»Leg deine Waffe auf den Boden. Schnell! Dein Kollege auch!«

Sie gehorchten rasch. Sie machten nur ihren Job und waren nicht dazu da, den Teufel herauszufordern. Für ihren Hungerlohn würden sie nicht die Helden spielen.

»Legt euch die Handschellen an und geht in das Wachhäuschen zurück!«, befahl der Inspektor. »Ich habe keine Zeit zu verlieren.«

Sie gehorchten mit angstgeweiteten Augen wie Automaten. Der Inspektor nahm den Schlüssel für die Handschellen und für das Wachhäuschen an sich und schloss die beiden Männer ein.

»Wenn ihr irgendwelche Tricks probiert, dann schieße ich nicht daneben!«

Der Inspektor rannte auf das Hauptgebäude des Pensionats zu. In dem Flügel, in dem die Büros der Verwaltung lagen, war gerade ein Licht angegangen. Der Lärm hatte sicher die Zöglinge und das Aufsichtspersonal geweckt, aber dennoch würde sich niemand vor die Tür trauen. In dieser Stadt, in der es immer mehr Überfälle gab, hatte sich bei den Leuten eine Art Feigheit ausgebildet, die diese zu Unrecht mit dem Überlebensinstinkt gleichsetzten. Der Inspektor stieg rasch die Stufen der Freitreppe hoch und klopfte heftig an die Eingangstür:

»Sofort aufmachen! Ich will Sister Marie-Josée sprechen. Es ist dringend!«

Da niemand antwortete, überlegte er nicht weiter, feuerte auf das Schloss und stieß dann die Tür mit der Schulter auf. Er fand sich in dem ihm wohlbekannten Flur wieder und erblickte Sister Marie-Josée, die mit einer Mappe unter dem Arm offensichtlich zu fliehen versuchte.

»Sie gehen nirgendwo hin, Sister Marie-Josée«, sagte der Inspektor und legte auf sie an. »Solange Mireya nicht in Sicherheit ist, zögere ich nicht zu schießen, das versichere ich Ihnen.«

»Das wagen Sie nicht«, sagte Sister Marie-Josée, blieb stehen und sah ihm betont herausfordernd in die Augen.

»Sie wissen genau, dass ich das sehr wohl wage, Sister Marie-Josée. Wollen Sie es darauf ankommen lassen?«

Sie sah ihn weiter starr an. Sie musste einsehen, dass er nicht scherzte. Außerdem hatte er sicher mehr als üblich getrunken. Er war wohl die Ursache des Krachs draußen. Er hatte hier geschossen. Offensichtlich wusste er, dass sie es nicht wagen würde, die Polizei zu rufen.

»Was wollen Sie?«

»Ich will Mireya. Ich nehme sie mit. Heute Abend. Sie bleibt keine Minute länger hier.«

»Sie bekommen Mireya nicht.«

»Das werden wir ja sehen«, antwortete der Inspektor.

Er packte sie am Arm und drückte ihr die Mündung seiner Waffe brutal an die Schläfe.

»Führen Sie mich zum Schlafsaal der Kinder.«

»Niemals!«, schrie Sister Marie-Josée.

Er drehte ihr roh den Arm um. Sie schrie herzzerreißend auf.

»Ich scherze nicht, Sister Marie-Josée. Führen Sie mich zum Schlafsaal!«

Er stieß Sister Marie-Josée vor sich her. Er kannte sich aus, denn man hatte ihm das Haus gezeigt, als er Mireya zum ersten Mal gebracht hatte. Sie gingen den von Neonröhren trüb erleuchteten Flur entlang. Sister Marie-Josée versuchte gelegentlich Widerstand zu leisten, aber der eiserne Griff des Inspektors zwang sie vorwärts. Nie hätte sie diesem Trunkenbold so viel Energie zugetraut. Der Inspektor erblickte eine Tür mit einem Schild: »Schlafsaal«! Die Direktorin weigerte sich verzweifelt, noch einen Schritt zu tun, und der Inspektor musste seine ganze Körperkraft aufbieten, um sie zum Weitergehen zu zwingen. Er stieß die Tür mit dem Fuß auf. Die Mädchen, die schon in den Betten lagen, begannen zu schreien, als sie den Mann erblickten, der mit der Waffe in der Hand die Direktorin in den Raum drängte.

»Ruhe!«, befahl der Inspektor. »Ich will niemandem etwas Böses. Wo ist meine Tochter Mireya?«

Seine Augen suchten die Reihe der Betten ab. Er sah sie nirgendwo.

»Mireya!«, rief der Inspektor. »Mireya!«

Niemand antwortete ihm. Er ohrfeigte die Direktorin heftig, ohne sich um die Kinder zu kümmern.

»Wo ist Mireya?«, brüllte der Inspektor. »Was haben Sie mit ihr gemacht?«

»Ich sage nichts«, schluchzte Sister Marie-Josée.

»Sie sind mit ihr weggegangen«, sagte ganz in der Nähe des Inspektors ein kleines Mädchen, von dem nur der Kopf unter den Betttüchern hervorlugte.

»Wer ist mit ihr weggegangen?«, fragte der Inspektor.

»Die Ärzte. Die, die uns die Spritzen geben.«

»Wie lange ist das her?«

»Noch nicht lange.«

»Danke, meine Kleine«, sagte der Inspektor. »Ihr alle, bleibt ruhig. Ich bin von der Polizei. Wir kommen euch beschützen. Bleibt in eurem Schlafsaal.«

Er zog Sister Marie-Josée aus dem Raum.

»Sie sagen mir jetzt, wo sie mit Mireya hingegangen sind, Sister Marie-Josée. Diesmal verstehe ich keinen Spaß.«

»Sie sind verrückt«, zischte die Direktorin. »Sie legen sich mit der Kirche vom Blut der Apostel an. Einer nach amerikanischem Recht zugelassenen Kirche.«

Er versetzte Sister Marie-Josée einen so heftigen Stoß, dass sie der Länge nach auf den Boden fiel.

»Ich hatte Sie gewarnt. Für Mireya bin ich zu allem bereit. Zum letzten Mal: Wo sind sie mit ihr hingegangen? Wenn Sie nicht antworten, zerschieße ich Ihnen erst ein Bein, dann das andere.«

»Fahren Sie zur Hölle!«, schrie Sister Marie-Josée.

Er zielte auf den Oberschenkel und drückte kaltblütig ab. Der Schuss hallte lange im Flur wider.

»Erbarmen!«, heulte Sister Marie-Josée, während sie sich mit schmerzverzerrtem Gesicht das Bein hielt. »Bitte töten Sie mich nicht. Erbarmen!«

»Wo ist Mireya?«, beharrte der Inspektor. »Wenn Sie es mir nicht sagen, dann schieße ich weiter, bis Sie nur noch ein Haufen blutiges Fleisch sind!«

Er kannte sich selbst nicht mehr. Er wurde nun ausschließlich von dem Wunsch gelenkt, seine Tochter wiederzubekommen. Man durfte einen Menschen nicht zwingen, bestimmte Grenzen zu überschreiten. Das hatten jedoch die Leute von dieser Sekte getan, die aus dem hintersten Winkel der USA gekommen waren, um hier die frohe Botschaft zu verkünden. Er war auf sie hereingefallen. So wie viele andere. Diese Bewegungen waren zwar nützlich, viele von ihnen handelten aus dem Bedürfnis zu teilen und setzten sich voll Liebe und gutem Willen ein. Aber wie oft wurden unter dem Deckmantel der evangelikalen Mission Komplotte gegen Gesellschaften geschmiedet, die sich nicht verteidigen konnten, da die schurkischen Politiker und Regierungen, die sie unter ihrer Fuchtel hielten, zu allem bereit waren, um sich bereichern?

»Erbarmen«, jammerte Sister Marie-Josée. »Ich darf es nicht sagen. Ich habe es beim Blut der Apostel geschworen.«

Er wollte schießen. Sein Finger verkrampfte sich auf dem Abzug. Eine Frau erschien im Korridor und warf sich als Schutzschild auf die Direktorin.

»Tun Sie ihr nichts. Bitte, tun Sie ihr nichts.«

Er war kaum überrascht, als er Sister Moon erkannte. Diese nahm Sister Marie-Josées Gesicht in beide Hände und drückte, wie Liebende im Augenblick der Trennung es tun, in einer Art verzweifeltem Kuss ihre Lippen auf Sister Marie-Josées Mund.

»Ich will nicht, dass du stirbst, Marie-Josée«, sagte Sister Moon im abgehackten Tonfall einer Irren.

»Sag ihm nichts«, stöhnte Sister Marie-Josée, »sonst bring ich dich um.«

»Sind wir überhaupt noch am Leben?«, flüsterte Sister Moon. »Wir haben keine Seele mehr. Unsere Seelen brennen schon in der Hölle. Wenn wir Mireya retten, hat Jesus vielleicht Erbarmen mit uns. Ich hab's dir gesagt, dieses Kind wird unser Verderben und unsere Erlösung zugleich sein.«

»Heidin!«, zischte Sister Marie-Josée. »Du verdienst es nicht, zu den Erwählten zu gehören. Du bist verloren, seit du mit diesem Mann verkehrst.«

Sister Moon stand auf und drehte sich zum Inspektor um, den bei dieser Szene wieder der Brechreiz überkommen hatte.

»Ich bringe Sie zu Mireya. Vielleicht ist noch Zeit. Ich habe hinten ein Auto stehen.«

»Heidin!«, schrie Sister Marie-Josée, während sie sich vor Schmerzen auf dem Boden krümmte und sich das zerschossene Bein hielt. »Du allein wirst in der Hölle brennen, zusammen mit diesem Diener des Satans! Ihr werdet alle in der Hölle brennen! Alle!«

»Wohin fahren wir?«, fragte der Inspektor. »Nach Delmas?«
Sie schüttelte den Kopf.
»Heute Abend ist es nicht in Delmas. Sie haben noch einen anderen Ort. In Côte Plage. Am Strand.«
Sie wunderte sich nicht darüber, dass er von Delmas wusste.
»Kommen wir noch rechtzeitig?«, fragte Inspektor Azémar besorgt.
Er war nun hilflos. Die Zeit anzuhalten, stand nicht in seiner Macht. Er konnte nur ungeduldig auf der Stelle treten. Hoffen. Er bemerkte nicht, dass er sich die Lippen blutig biss.
»Jesus wird uns die nötige Zeit gewähren«, beruhigte ihn Sister Moon und überfuhr dabei eine rote Ampel, obwohl dort ein Streifenwagen stand. Allerdings schliefen die beiden Polizisten ohnehin.
Das halsbrecherische Tempo des Autos stand im Gegensatz zu ihrer abgehackten Sprechweise, ihrer irren Mimik und ihren mechanischen Bewegungen. Auf den Straßen war um diese Zeit fast keine Menschenseele mehr. Sie bog in vollem Tempo in die Avenue ein, die am Strand entlangführte und in völlige Finsternis getaucht war. Der Wagen geriet hin und wieder in riesige Schlaglöcher. Sister Moon wich mit knapper Not zwei Autowracks aus, die dort wohl nach irgendwelchen politischen Demonstrationen zurückgeblieben waren. Von den Stößen wurde dem Inspektor übel. Er hatte schnelles Fahren noch nie vertragen, schon gar nicht auf einer Straße in so schlechtem Zustand. Er hatte erwogen, den Sicherheitsgurt anzulegen, es aber im letzten Moment vorgezogen, seine Bewegungsfreiheit zu behalten.
»Früher war ich jemand anders«, sagte Sister Moon, den Blick nach vorn auf die Straße gerichtet. »Eines Tages habe ich Marie-Josée kennengelernt. Aus Liebe zu ihr habe ich alles aufgegeben. Ich habe alles akzeptiert. Die Probleme haben angefangen, als ich von bestimmten Aktivitäten der Kirche Wind bekommen habe. Ich wollte gehen. Da hat sie mich bestraft.«
Sie wirkte wie ein Kind, als sie das sagte. Der Inspektor sah Tränen über ihr Gesicht rinnen.
»Eigentlich hatte ich nie den Mut zu gehen. Als sie beschlossen

haben, Mireya zu adoptieren, habe ich begriffen, dass es schlimm enden würde.«

»Er ist mit Ihren Leuten in den Schlafsaal gekommen«, sagte der Inspektor.

»Wer?«, fragte Sister Moon.

»Wachtmeister Colin. Ein junger Polizist. Ich kann mir denken, was passiert ist. Mireya muss sich gewehrt haben. Dabei hat sie ihr Armband verloren.«

»Ich war damals dabei«, gab Sister Moon schließlich zu. »Sie wollte bei der Blutabnahme nicht stillhalten, trotz des Beruhigungsmittels, das wir ihr ohne ihr Wissen schon im Speisesaal verabreicht hatten.«

»Mireya hat Wachtmeister Colin erkannt. Sie hat ihn mit diesem Fluch belegt, sie ist imstande dazu. Das ist die einzige Erklärung.«

»Welchem Fluch?«, wunderte sich Sister Moon.

»Colin verwandelt sich in ein Schwein«, sagte der Inspektor. »Und ich habe mich über Mireyas Traum lustig gemacht. ›Die Schweineohren hat Wachtmeister Colin sich verdient‹, habe ich gesagt.«

Eine Weile sagte sie nichts. Obwohl sie sich auf das Fahren konzentrierte, war zu spüren, dass sie intensiv nachdachte.

»Warum war er an diesem Abend da?«, fragte der Inspektor abrupt. »Wer hat ihn für die Kirche vom Blut der Apostel vereinnahmt? Eine Frau? Sie?«

»Wer kann so tief sinken wie ich?«, flüsterte Sister Moon. »Liebe entschuldigt nichts. Während Colin versucht hat, sie zu überwältigen, hat Mireya geschrien: ›Du bist ein Schwein, Wachtmeister Colin! Du bist ein Schwein! Du wagst es, so etwas zu tun. Du hast uns verraten!‹«

»Danach hat sie alles vergessen. So ist sie. Wenn sie in diesem Zustand ist, gerät sie in Trance. Sie tut Dinge, die sie nicht versteht. Dann wird alles aus ihrem Gedächtnis gelöscht. Ich hätte das von Wachtmeister Colin niemals geglaubt. Dieses Land verdirbt alles, korrumpiert alles ...«

Der Inspektor sah Sister Moon einen Augenblick lang an, bevor er unvermittelt fragte: »Haben Sie ihn seit dieser Nacht noch einmal gesehen?«

»Nein. Nachdem er Mireya überwältigt hatte, hat er über eine heftige Migräne geklagt. Er ist rasch gegangen. Er wirkte beunruhigt. Kurz zuvor hatte er einen Anruf bekommen.«

»Von wem?«

»Er hat es mir nicht gesagt. Ich glaube, es war sein Freund, Kommissar Biljoin. Ich wollte, dass er neu geboren wird, Inspektor. Ich wollte seine Seele retten und meine auch. Aber sie haben von uns ein Unterpfand unserer Loyalität verlangt. All das hat sicher Sister Marie-Josée ausgeheckt. Sie hat verlangt, dass Colin in dieser Nacht anwesend sein sollte. Sie wusste, dass Colin Mireya kannte. Sie hat nicht geglaubt, dass er für mich bis zum Letzten gehen würde. Stimmt diese Geschichte mit dem Fluch, Inspektor? Oder war das ein Scherz?«

Der Inspektor schwieg, während der Jeep eine rissige Straße Richtung Meer hinunterfuhr. Die Scheinwerfer des Fahrzeugs konnten die Dunkelheit kaum durchdringen. Sister Moon bremste vor einem unasphaltierten Kreisverkehr. Der Ort wurde vom Mond beschienen, der gerade hinter einem dicken Wolkenteppich hervorkam. Schweine durchwühlten in wildem Eifer mit Rüssel und Klauen einen übelriechenden Müllberg. Eine Meute Hunde strich um eine Sau herum, die drohend die Hauer sehen ließ. Leere Auslagen waren an eine graffitibedeckte Wand geschoben. Sister Moon schaltete die Scheinwerfer aus. Sie lenkte das Auto vorsichtig auf einen Weg, der von allen Behausungen wegführte. Der Wagen fuhr durch eine Savanne, die wohl früher einmal ein Reisfeld gewesen war. Dank dem Mond, der weiterhin schien, sah der Inspektor am Meeresufer drei Schuppen. An einem Steg, den ein Scheinwerfer erleuchtete, dümpelte ein Schnellboot. Aus einem der Schuppen drang Licht.

»Hier ist es«, sagte Sister Moon.

»Ist das auch keine Falle?«, fragte der Inspektor.

»Ich denke nur noch an mein Seelenheil«, gab Sister Moon fast beleidigt zurück.

»Sind da Wachen?«, fragte der Inspektor mit der Hand an der Türverriegelung.

»Wem würde es einfallen, hierherzukommen?«, wunderte sich Sister Moon. »Die sind gut geschützt, Inspektor. Sie werden es sicher erfahren, und zwar vermutlich am eigenen Leib.«

»Sie kommen mit mir«, beschloss der Inspektor und richtete seine Waffe auf ihre Stirn. »Wenn Sie die Wahrheit sagen, sollten Sie keine Angst haben.«

Sie zuckte mit den Schultern. Wortlos öffnete sie die Autotür. Der Inspektor nahm sie am Arm, dann wies er sie an, langsam vorwärtszugehen und aufzupassen, wo sie hintrat. Der Boden war schlammig, ihre Schuhe versanken mehrmals in einer Art schleimiger Pfütze, die stark nach Algen roch. Man hörte in regelmäßigen Abständen das Klatschen der Wellen an den Felsen. Vor dem erleuchteten Schuppen erblickte der Inspektor einen schwarzen Lieferwagen. Er erinnerte sich nun, dieses Fahrzeug im Hof des Pensionats gesehen zu haben, als er Mireya zum letzten Mal abgeholt hatte. Niemand zu sehen. Er schob Sister Moon vor sich her. Sie zitterte und klapperte mit den Zähnen.

»Was haben Sie?«, fragte der Inspektor flüsternd.

»Ich hatte es nicht gewollt«, flüsterte sie schluchzend. »Ich bin verdammt. Dass ich mich darauf eingelassen habe, wird mir nie verziehen.«

»Für Reue ist es zu spät. Ich muss Mireya retten.«

»Lassen Sie mich hier. Ich bin Ihnen keine Hilfe. Mit mir kommen Sie nicht weit. Aber kommen Sie mit Mireya zurück. Bitte kommen Sie mit ihr zurück.«

Er zwang Sister Moon, ihn anzusehen. Sie weinte. Ein Ausdruck von tiefem Leid und Verstörtheit verlieh ihrem irren Gesicht ein wenig Menschlichkeit.

»Ist gut«, sagte der Inspektor. »Warten Sie hier auf mich. Wenn das eine Falle ist, dann kriege ich Sie, und wenn Sie am anderen Ende der Welt sind.«

Erneut tauchte eine dicke Wolke die Erde ins Dunkel. Er nutzte die Finsternis aus, um auf die Tür des Schuppens zuzulaufen. Dort verharrte er einen Augenblick reglos, alle Sinne in Alarmbereitschaft. Er hatte nun seit über zwei Stunden keinen Tropfen *tranpe* mehr zu sich genommen, aber sein Kopf blieb erstaunlich klar. Die Tür war von innen verriegelt. Er begriff, dass der Überraschungseffekt seine einzige Chance war. Mit dem Schloss konnte er fertig werden, es war kein allzu kompliziertes Modell. Er nahm den Schlüsselbund, den er immer bei sich trug. Das war eine Spezialität, die er von einem Freund gelernt hatte, einem ehemaligen Kriminellen, der sich nun auf den Handel mit Nachschlüsseln und Schlössern verlegt hatte. Er brauchte ein paar Minuten, dann öffnete er die Tür vorsichtig. Die Scharniere quietschten nicht. Der Schuppen war leer. An einem Eisenträger an der Decke hing eine knisternde Neonröhre. Er schloss die Tür vorsichtig. In der Mitte des Raums war eine Falltür. Eine Falltür mit einem Metallgriff. Er zögerte nicht. Wenn er eine Chance haben wollte, Mireya lebend wiederzusehen, musste er zu allem bereit sein. Er hob die Falltür an. Eine Treppe, erhellt von einer weiteren Neonröhre an der Wand, führte zu einem Durchgang, der im Halbdunkel lag. Es stank nach Desinfektionsmitteln und Weihrauch.

Der Inspektor hörte Stimmen. Es gab drei Türen, eine auf jeder Seite des Flurs. Unter einer von ihnen drang gedämpftes Licht hervor. Der Inspektor ging vorsichtig näher heran, bereit, das Feuer zu eröffnen. Die Tür war von innen verschlossen. Er hörte einen Schrei. Dann eine Stimme. Er glaubte, Mireya zu hören. Als riefe sie um Hilfe. Ohne zu überlegen, schoss er in das Türschloss und trat gleichzeitig die Tür ein. Er fand drei sichtlich überraschte Männer vor, die um einen Körper auf einer Liege herumstanden. Blut befleckte ihre weißen Kittel. Dieuswalwe Azémar gebrauchte ein weiteres Mal seine Reflexe als Eliteschütze und drückte dreimal ab. Die Detonationen ließen den Raum erzittern. Schreckensschreie ertönten, aber sie kamen nicht von dem Körper auf der Liege. Der Brechreiz krampfte ihm den Magen zusammen. Dieuswalwe trat näher und schob dabei die Leichen auf dem Boden mit dem Fuß zur Seite.

Der Körper auf der Liege war der eines Kindes, sein Bauch war geöffnet. Es war nicht Mireya, sondern ein Junge. Tot. Auf dem Spülbecken erblickte der Inspektor einen offenen Koffer, der innen mit einer Art Schnee ausgekleidet war. In einem der drei Fächer lag ein blutiges Organ, das zu pulsieren schien. Erneut hörte er den Hilferuf. Er entdeckte eine unverriegelte Tür, rannte in die Richtung, aus der die Schreie kamen, und erblickte ein halbes Dutzend in einer Reihe aufgestellter Betten. In einem von ihnen lag, nackt, gefesselt, Mireya. Sie schrie in höchster Angst. Dieuswalwe Azémar stürzte zu ihr hin.

»Ich bin da, Mireya«, sagte der Inspektor überwältigt. »Ich habe dir doch gesagt, dass ich dich immer beschützen werde.«

»Sie wollen mich umbringen, Papi! Sie wollen mich töten und herausnehmen, was in mir drin ist. Sie sagen, es ist zum Ruhm Jesu.«

»Dir wird nichts passieren, mein Liebling«, brummte der Inspektor.

Er löste die Lederriemen, mit denen das Kind gefesselt war.

»Wir müssen von hier weg! Schnell!«

»Ich muss meine Kleider suchen«, protestierte Mireya.

»Keine Zeit«, sagte der Inspektor. »Man könnte uns hier überraschen.«

Er hüllte das Mädchen in ein Laken vom Nachbarbett und hob es auf die Schulter. Immer noch mit der Waffe in der Hand ging er aus dem Raum. Er konnte Mireya den Anblick der drei Leichen auf dem Boden und des ausgeweideten kleinen Jungen auf der Liege nicht ersparen. Als er nach draußen trat, wurde die Landschaft wieder vom

Mond beschienen. Ein Wind aus den Bergen trieb die Wolken weit auf die andere Seite der Bucht. Er setzte das Kind auf dem Boden ab, er war außer Atem. Elektrisiert von der Gefahr, in der Mireya schwebte, hatte er diese Leistung vollbringen können, aber nun spürte er die Folgen der körperlichen Anstrengung. Und des Alkohols, dachte er mit widerwilligem Bedauern.

Der Schlag traf ihn mit Wucht am Hinterkopf. Er versuchte vergeblich, auf den Beinen zu bleiben, dem Ansturm des Schmerzes zu widerstehen. Seine Knie knickten ein. Er wollte die Hand heben, den Angreifer mit der Waffe stellen, aber sein Körper gehorchte ihm nicht mehr. Er hörte die Stimme seiner Tochter: »Papi Dieuswalwe! Zu Hilfe!« Die Liebe zu ihr verhinderte, dass er bewusstlos wurde. Energie strömte aus seinem tiefsten Innern empor und half ihm trotz des Schwindels und seiner wackligen Beine auf. Er sah, wie die entfernt menschenähnliche Kreatur Mireya zu dem Boot am Steg brachte, stürzte ihr hinterher und betete dabei zu Gott um die Kraft, durchzuhalten, obwohl sich um ihn herum alles drehte. Die Kreatur hatte gerade den Steg betreten, sie zog immer noch die schreiende und sich sträubende Mireya hinter sich her. Der Inspektor erkannte Wachtmeister Colin trotz seines Schweinegesichts. Es war unglaublich, wie er sich verwandelt hatte.

»Halt, Wachtmeister Colin. Sie können nirgendwo mehr hin!«

Wachtmeister Colin blieb stehen. Er schwang einen Dolch. Zwei vorstehende Eckzähne hingen aus dem oberen Teil seines Rüssels.

»Ihretwegen bin ich so geworden«, rief er. »Nur sie kann mir meine menschliche Gestalt zurückgeben. Gehen Sie, Herr Inspektor, ich will ihr nichts antun.«

»Sie ist nicht verantwortlich dafür«, beharrte der Inspektor, indem er die Entfernung abschätzte, die ihn von Wachtmeister Colin und Mireya trennte. »Sie haben die Grenze überschritten. Ich hatte Sie gewarnt.«

»Ich wollte es schaffen«, zeterte Wachtmeister Colin.

»Warum waren Sie an diesem Abend im Pensionat? War das eine weitere falsche Entscheidung?«

»Ich hab's Ihnen doch gesagt, Inspektor. Er war meinetwegen da«, sagte eine Stimme.

Der Inspektor sah jemanden aus dem Boot springen. Er war nicht überrascht, dass es Sister Moon war.

»Wollten Sie nicht Ihre Seele retten, Sister Moon?«, erinnerte sie der Inspektor.

»Wir wollen Mireya nichts tun«, sagte Sister Moon. »Colin hat mir gerade erklärt, dass nur dieses Kind ihm wieder zum Leben verhelfen kann. Ich liebe Colin und Colin liebt mich. Dank ihm ist mir klar geworden, dass meine Beziehung mit Marie-Josée ein furchtbarer Irrtum war. Mit ihm gehe ich bis zum Letzten.«

»Dank Sister Moon habe ich verstanden, dass ich in die Irre ging, Inspektor Azémar«, fügte Wachtmeister Colin hinzu. »Ich habe entdeckt, dass meine Frau der leibhaftige Dämon war. Ich verspreche Ihnen, dass Mireya nichts geschieht, Herr Inspektor.«

»Sister Marie-Josée wollte ein Unterpfand von Colin«, erklärte Sister Moon. »Das war die Bedingung dafür, dass sie unsere Beziehung akzeptierte und Colin in unsere Kirche aufgenommen wurde.«

»Das Pfand bestand zu Colins Pech darin, dass er mithelfen musste, meine Tochter verschwinden zu lassen«, verstand Inspektor Azémar. »An diesem Abend sind Sie mit den Leuten von der Sekte ins Pensionat gekommen. Für eine Blutabnahme oder sonst etwas. Mireya wollte sich nicht untersuchen lassen. Also sollten Sie, Colin, sie überwältigen. Sie hat Sie erkannt und sich gewehrt. Auf diese Weise haben Sie ihr Armband in der Hand behalten. In ihrer Angst und ihrem Zorn hat sie, wie in La Brésilienne, von ihren besonderen Kräften Gebrauch gemacht. Ist es nicht so, Wachtmeister Colin?«

»Sie sind wirklich gut, Herr Inspektor. Aber versuchen Sie nichts. Sister Moon und ich fahren mit Mireya weg. Sobald sie mich geheilt hat, lasse ich sie frei.«

Der Inspektor trat einen Schritt vor. Das genügte. Er fragte sich, ob er nicht verrückt war. Ihm war noch immer schwindlig. Seine Hand zitterte. Er konnte Mireya berühren. Zehn Jahre früher wäre es ihm geglückt. Aber jetzt?

»Wann haben Sie Ihr Gedächtnis wiedergefunden, Wachtmeister Colin, falls Sie es wirklich verloren hatten?«

»Ich konnte mich nicht an die Ereignisse mit Mireya erinnern. Ich wusste nur, dass ich mit Biljoin im Hof einer Bar war. Wir haben angefangen zu reden, und plötzlich hat er sich über mein Aussehen gewundert. ›Was ist los mit dir?‹, hat er gerufen. Dann sind die Drogenhändler gekommen. Biljoin wurde getroffen. Er hat mir zugerufen: ›Lauf weg!‹. Sie waren hinter mir her. Er hat versucht, mich zu schützen. Ich habe einen Streifschuss am Kopf abbekommen, aber ich konnte entwischen.«

»Sie wollten nur, dass ich den Grund für Ihre Verwandlung herausfinde«, sagte Dieuswalwe Azémar. »Wie ich sehe, haben Sie vor mir alles begriffen.«

»Meine fehlenden Erinnerungen habe ich wiedergefunden, nachdem ich Andrade entkommen war und mit dem Pöbel auf den Fersen durch die Schlucht geflohen bin«, gab Colin zu. »Ich wollte Sister Moon nicht anrufen, damit sie sich nicht aufregt. Ich wusste, wohin sie Mireya zur Entnahme bringen würden. Ich hatte gedacht, ich wäre rechtzeitig da, um sie zu retten.«

»Und vor allem, um Ihre vollständige Verwandlung zu verhindern, Wachtmeister Colin. Warum haben Sie Andrade zu sich vorgelassen?«

»Er hatte behauptet, die Gruppe wollte verhandeln. Ich habe ihm geglaubt. Ich bin praktisch in die Falle gegangen. Aber als er mich gesehen hat, ist er ein paar Sekunden lang in Panik geraten. Dadurch konnte ich entkommen.«

»Warum sind diese Leute so böse auf Sie?«, fragte der Inspektor. »Haben Sie ihre Ware gestohlen? Wollten Sie wieder zu Vermögen kommen, nachdem Ihre Frau sich Ihr Geld unter den Nagel gerissen hatte?«

»Sie überraschen mich immer wieder, Herr Inspektor. Jetzt lassen Sie uns gehen. Wir tun Mireya nichts an. Sie soll mir meine menschliche Gestalt wiedergeben, das ist alles. Anschließend lassen wir sie frei.«

»Lassen Sie sie jetzt frei, Wachtmeister Colin«, befahl der Inspektor. »Mireya kann nichts für Sie tun, solange sie unter solchem Stress steht.«

»Die anderen könnten kommen«, warnte Sister Moon. »Wir müssen weg, Colin.«

Ohne das Kind loszulassen, bückte Wachtmeister Colin sich nach dem Seil, mit dem das Boot an einem großen Balken des Stegs festgemacht war. Der Inspektor drückte in dem Sekundenbruchteil ab, in dem sein Körper und sein Geist die Reflexe des Eliteschützen Dieuswalwe Azémar wiederfanden. Die Wucht des Projektils schleuderte Colin in das schlammige Wasser. Sister Moon wollte sich auf Mireya stürzen, und der Inspektor feuerte, ohne zu zögern. Die Frau blieb stehen, als wäre sie gegen eine unsichtbare Wand gekracht. Sie versuchte dennoch, einen weiteren Schritt zu tun, dann fiel sie wie ein Stein auf den Steg. Mireya stolperte auf den Inspektor zu, ein Mondstrahl ließ ihre Schönheit noch deutlicher hervortreten. Sie drückte sich an ihn. Tränen, so heiß, dass sie schon fast brannten, rannen über Dieuswalwe Azémars

Wangen. Er weinte mit dem Mädchen, während er sein Handy nahm und die Nummer von Kommissar Solon wählte.

»Inspektor Azémar! Haben Sie gute Nachrichten für mich?«

»Schicken Sie ein Kommando an die Adresse, die ich Ihnen gleich gebe, Kommissar. Sie werden einen verdammten Skandal am Hals haben.«

»Was für einen Skandal?«

»Machen Sie sich selbst ein Bild davon. Ich gehe mit Mireya nach Hause.«

»Mireya ist bei Ihnen?«, wunderte sich der Kommissar.

»Sie hatten recht, Herr Kommissar. Mireya gehörte zu den Erwählten. Na ja, fast.«

»Wie lautet die Adresse?«, fragte der Kommissar.

Der Inspektor nannte sie ihm. Aus dem Dunkel tauchten plötzlich zwei Autos auf und schalteten die Scheinwerfer ein. Bewaffnete Männer stiegen aus. Azémar glaubte sich verloren. Vermutlich die Leute von der Sekte. Er bückte sich, um Mireya an sich zu drücken. Er hörte Stimmen, die Spanisch sprachen. Zu seiner großen Überraschung erblickte er Andrade, den Venezolaner, in Begleitung des Senators. Er legte die Waffe auf den Boden und hob die Hände. Mireya versteckte sich hinter ihm.

»Ich will Colin«, befahl der Senator.

»Er ist tot«, sagte der Inspektor. »Ebenso wie die Frau, die da auf dem Steg liegt.«

»Wo ist seine Leiche?«

»Im Wasser.«

Der Senator rief einige Befehle auf Spanisch, und drei Männer gingen mit Taschenlampen Richtung Meer. Sie waren kaum ins Wasser gegangen, als sie auch schon zu schreien begannen wie am Spieß und wieder zum Strand flohen. Der Senator erkundigte sich, was los war. Er kam mit verstörtem Gesichtsausdruck zum Inspektor zurück.

»Ich verstehe das nicht«, sagte er. »Können Sie mir das erklären?«

»Da gibt es nichts zu verstehen«, sagte der Inspektor.

»Andrade hat behauptet, Colin sei ein Hexer. Ich dachte, er wollte sich dafür rechtfertigen, dass er ihm entkommen war. Viel Glück, Inspektor. Ich hoffe, wir sehen uns wieder.«

»Ich kann darauf verzichten«, erwiderte Dieuswalwe Azémar.

Der Parlamentarier zuckte die Achseln. Das Kommando der Drogenhändler stieg wieder in seine Fahrzeuge und verschwand in der Nacht.

Er fuhr langsam und vorsichtig. An einer Polizeisperre wurde er angehalten. Er zeigte seine Dienstmarke vor und setzte seine Fahrt durch die Finsternis von Port-au-Prince fort. Mireya schlief auf der Rückbank, erschöpft von allem, was sie erlebt hatte. Zwei Polizeiautos, vollbesetzt mit schwer bewaffneten Beamten, kamen ihm mit Höchstgeschwindigkeit entgegen. Er erkannte die Fahrzeuge des Kommissariats. Begleitete Kommissar Solon die Einsatzkräfte? Inspektor Azémar machte sich nicht allzu viele Illusionen. Die Sekte musste über solide Unterstützung im Land verfügen. Wie viele Kinder waren wohl bei diesem schmutzigen Handel verschwunden, damit einige Leute, die sich für die Herren der Welt hielten, ihr Leben verlängern konnten?

In diesem praktisch sich selbst überlassenen Land war eine Regierung nur eine Schauspielertruppe, die ein makabres Stück aufführte, um sich selbst fette Gehälter zu genehmigen, während die Bevölkerung allen Launen der großen Haie aus dem Norden wehrlos ausgeliefert war. Kliniken und Krankenhäuser arbeiteten ohne wirkliche Kontrolle. Bestimmte Gesundheitszentren standen im Dienst obskurer Interessen, und Leute ohne jegliche ethischen Bedenken nutzten dort mitunter den Bankrott des Staates aus, um alle möglichen Experimente anzustellen. Das geschah auf so gut wie allen Gebieten. Die Bodenschätze des Landes wurden oft heimlich von Gesellschaften ausgebeutet, die den Politikern Schmiergelder zahlten. Das Schlimmste war, dachte Inspektor Azémar, dass solche Interessengruppen sich nicht nur aneigneten, was vom Land noch übrig war, sie konnten dort auch alle möglichen Schweinereien vergraben. Erst die Zukunft würde die Niedertracht und die Verantwortungslosigkeit sicher zutage fördern.

Als er die Avenue du bord de mer verließ und auf eine straßenähnliche Piste entlang einer zur Deponie für Plastikmüll gewordenen Schlucht einbog, musste er so heftig aufschluchzen, dass er nicht mehr atmen konnte. Die Angst presste ihm die Brust zusammen. Vor seinen Augen fiel ein schwarzer Schleier nieder. Er musste anhalten. So ging es ihm jedes Mal, wenn er versuchte, sich die Zukunft seiner Tochter vorzustellen, dieser Unschuldigen, die nun auf dem Rücksitz tief und fest schlummerte. Mit Tränen in den Augen betrachtete er sie, strich ihr zärtlich mit der Hand über das Gesicht, geblendet und fasziniert von ihrem dichten Haar. Für sie war er zu allem bereit, so wie gerade eben, als er kaltblütig getötet hatte, um sie den Fängen einer schmutzigen Sekte zu entreißen. Aber wie oft würde Mireya die Begierde der Schakale wecken in diesem Land, in dem nichts mehr einen Sinn hatte und das Raubrittertum über alle Werte triumphierte? Würde er immer da sein, um sie zu beschützen? Und wie würde sie reagieren, wenn sie einmal fähig sein würde, ihre eigenen Entscheidungen zu treffen?

Wenn es nur ums Überleben geht, wird alles möglich. Er hatte sich gerade davon überzeugen können: Colin war anfangs ein mustergültiger Beamter gewesen. Ein junger Mann, der die Grundsätze hochhielt, die seine Familie und seine Religion ihm eingeimpft hatten. Die Realität hatte ihn eingeholt, ihn ins Verhör genommen, bis er mit dem Rücken zur Wand stand, und nur Rebellen, nur Verrückten gelingt es zuweilen, dieser Realität ein Schnippchen zu schlagen. Colin war jämmerlich untergegangen. Irgendwann hatte er geglaubt, seinen Sturz aufhalten zu können. Es war der letzte Funke Menschlichkeit bei ihm gewesen, und er war nur noch tiefer in der Nacht versunken. Seine Beziehung zu Sister Moon hatte ihm nur eine Wanderung in der Höhle des Irrsinns eingebracht. Dass Colin der Amerikanerin so leicht gefolgt war, war nur möglich gewesen, weil er in seinem Absturz seinen Verstand eingebüßt hatte. Dieses Land war eine Guillotine, die jedem seinen klaren Kopf abschlug. Dann leckten die Menschen das Blut der Torheit auf, um dem Mythos Gestalt zu verleihen, um die wunderlichsten Trugbilder zu schaffen, um den Tag zur Nacht zu machen und die Nacht zum Tag.

Er atmete tief durch und versuchte, sich aus dem Griff der Angst zu lösen. Den Bruchteil einer Sekunde lang dachte er an Selbstmord. Er würde Mireya töten und sich dann eine Kugel ins Herz schießen. Es wäre eine gute Sache, wenn sie so ginge: jungfräulich, unbeschmutzt, ohne die dreifache perverse Umarmung durch dieses Land, seine Vorstellungswelt und seine Männer erfahren zu haben. Ein Schrei entfuhr ihm. Ein Schmerz durchzuckte ihn so plötzlich, dass sich alles in ihm zusammenkrampfte, und schleuderte ihn in ein Magma aus Feuer und flüssigem Gestein. Er erblickte um sich herum die dämonischen Larven, die ihn immer attackierten, wenn der Alkohol ihn in Trance versetzte. Er startete mit quietschenden Reifen und fuhr mit Vollgas weiter. Nur der träge Motor verhinderte, dass er wie ein Geschoss durch die Stadt raste.

Er hielt vor der grauen, schorfigen Mauer, hinter der sich sein Haus befand. Kein Licht drang aus den Fenstern. Marthe war wohl neben ihrer Tochter eingeschlafen. Niemand auf der Straße. Hunde schnüffelten an den Essensresten, die Nachtschwärmer auf dem Rückweg vom Platz des Viertels in den Rinnstein hatten fallen lassen. Einem ausgehungerten Schwein war es gelungen, den Abfallhaufen zu erklimmen, der dort ausgekippt worden war. Der Inspektor stieg aus dem Wagen, öffnete die hintere Tür und hob Mireya heraus. Ohne zu verriegeln, bog er in die kleine, sandbestreute Allee ein, die zu seinem Haus führte. Er steckte den Schlüssel ins Schloss; zu seiner großen Überraschung war die Tür offen. Er erinnerte sich jedoch genau, sie beim Weggehen abgeschlossen zu haben. Marthe hatte keinen Schlüssel. Er legte das noch schlafende Mädchen auf dem Boden ab, dann schob er, die Waffe wieder in der Hand und bereit, ein weiteres Mal zu schießen, die Tür vorsichtig mit dem Fuß auf. Er betätigte den Schalter neben der Tür. Die Glühbirne an der Decke ging nicht an.

»Marthe!«, rief er.

Er hörte ersticktes Murmeln hinten im Zimmer. Seine seit einigen Stunden an die Dunkelheit gewöhnten Augen entdeckten Marthe und ihre Tochter gefesselt und geknebelt auf dem Boden. Sein Instinkt rettete ihn. Eine Warnung von dem Teil des Bewusstseins, der die Aufgabe hat, einen am Leben zu erhalten. Die Klinge einer Machete zischte durch die Luft. Er wich ihr mit knapper Not aus. Die Hand, in der er die Beretta hielt, wurde jedoch so heftig gestreift, dass er die Pistole fallen ließ; an seinem Arm klaffte eine Wunde. In seinem Körper explodierte der Schmerz, er versuchte, seine Waffe aufzuheben. Irgendetwas, ein pelziger Körper, sprang ihm auf die Schultern. Ein Arm umklammerte seinen Hals. Sein Feind wollte ihn ganz offensichtlich erwürgen. Er wehrte sich und bekam mit einer Hand das Handgelenk des Angreifers zu fassen, die Hand, in der er wohl die Machete hielt, aber vergeblich: Er konnte nicht mehr atmen und sich mit dem Gewicht auf seinem Rücken nicht mehr aufrecht halten.

Er schöpfte einen Rest Energie aus sich. Einen Rest Energie, der mit seinem Willen zusammenhing, zu überleben, damit Mireyas Körper nicht beschmutzt wurde. Er warf sich nach hinten, um seinen Angreifer gegen die Wand zu schleudern. Ein Tisch zerbrach, das Geschirr zerklirrte mit ohrenbetäubendem Lärm. Marthe, die sich in diesem Moment von ihrem Knebel befreien konnte, stieß einen gellenden Schrei aus. Sein Gegner entließ ihn unter dem Aufprall aus seiner Umklammerung und fiel zu Boden, erhob sich jedoch mit einer Behändigkeit, die wohl durch seinen seltsamen Körperbau begünstigt wurde. Bestürzt stellte der Inspektor fest, dass sein Feind vier Arme und zwei Beine hatte. Er bewegt sich wie eine Schabe, dachte Azémar. Die Kreatur sprang auf ihn los, wobei sie ihre Machete ständig mit einer anderen Hand durch die Luft wirbeln ließ.

Der Inspektor ergriff einen Stuhl in der Hoffnung, ihn als Schild benutzen zu können. Der Schädel des Geschöpfs war vollständig kahl und hatte Höcker, die wie Hörner aussahen. Aus seinem haarigen Gesicht leuchtete der zugleich hasserfüllte und irre Blick seiner lidlosen Augen. Das Gesicht des Teufels, dachte Dieuswalwe Azémar. Ein Machetenhieb trennte plötzlich die Lehne des Stuhls ab und bewies so, dass diese lächerliche Deckung das Ende nur hinauszögerte. Bei jeder Berührung hinterließ die Klinge einen Schweif von Funken. Ein letzter Hieb traf das Handgelenk des Inspektors. Er ließ die Reste seines nutzlosen Schildes fallen. Blut spritzte aus der Wunde. Ihm kamen die Tränen. Wenn er mit dieser Bestie jetzt nicht fertig wurde, war Mireya sich selbst überlassen.

»Weine nicht«, kicherte die Kreatur. »Flehe mich um Erbarmen an, damit ich dich rasch erledige. Hast du geglaubt, du könntest meinen Bruder so einfach fertigmachen? Ohne dafür zu bezahlen?«

»Fick dich ins Knie«, rief Inspektor Azémar.

»Wenn ich dir den Kopf abgeschlagen habe, dann vögle ich sie alle, bevor ich sie enthaupte«, frohlockte Marasas Zwillingsbruder. »Ich hab das Mädchen gesehen, das du draußen gelassen hast. Ich hab dich kommen sehen. Ich habe in deinen Augen gelesen, wie sehr du dieses Kind liebst.«

»ICH werde DICH töten«, brüllte der Kommissar.

Er war bereit, alles auf eine Karte zu setzen. Ohne Waffe. Mit bloßen Händen. Er war nur noch eine in die Enge getriebene Beute, die gezwungen war, es mit dem Feind aufzunehmen, und ihre Angst in den Wind schlug. Der Inspektor wusste, dass er sterben würde, aber aus dieser Gewissheit schöpfte er die Kraft, seine Ablehnung der letztgültigen Regel in das Gedächtnis des Universums einzuschreiben. Zugleich sagte er sich, dass es nicht so enden konnte. Diese Raubtiere waren nur elende Kakerlaken, die sich von der Unwissenheit und der Angst der Leute nährten. Sein, Dieuswalwe Azémars, einziges Verbrechen bestand darin, dass er das Spiel der Korruption nicht hatte mitspielen wollen.

»Flehe mich an!«, frohlockte die Kreatur.

»Du bist nur eine dreckige Kakerlake«, stieß der Inspektor hervor.

Das Ding richtete sich auf seinen vier Armen auf. Als es gerade zum Sprung ansetzte, knallte trocken ein Schuss. Der Schädel des Geschöpfs explodierte wie eine überreife Frucht, sein blutiger Inhalt spritzte durch das ganze Zimmer. Das Ding hatte keine Zeit, zu begreifen, wie ihm geschah. Es fiel schwer zu Boden.

»Hab ich getroffen, Papi?«

Verstört erblickte der Inspektor Mireya, wie sie mit der noch rauchenden Pistole in beiden Händen auf der Türschwelle stand. Er stieg über die Leiche hinweg und nahm seiner Tochter vorsichtig die Waffe aus den Händen. Ihre Augen waren weit aufgerissen, wie berückt von einem Schauspiel, das allein sie sah. Man hätte in diesem Moment meinen können, sie sei von den Geistern besessen, die in manchen Nächten Schlag zwölf Uhr auf den Höhen von La Brésilienne umgingen.

»Hab ich getroffen, Papi?«, fragte sie noch einmal mit irrem Ausdruck.

»Ja, du hast getroffen, mein Schatz«, sagte der Inspektor, einer Ohnmacht nah.

»Hab ich die Waffe richtig gehalten?«

Er wusste nicht, was er antworten sollte. Sie fiel ohnmächtig zu Boden. Erst jetzt dachte er daran, seinen Arm abzubinden, denn das Blut spritzte weiter aus der Wunde an seinem Handgelenk.

Die Hitze lastete auf Männern und Frauen. Die Straßen rochen nach Schweiß. Alles lief im Zeitlupentempo ab. Die Fahrer fanden in den vormittäglichen Staus keine Kraft mehr für die Wortgefechte, mit denen sie sich einen Weg durch die Massen von Autos und die zahlreichen Fußgänger zu bahnen pflegten. Die Hitze lähmte, verbrannte die Energien, ließ die Willenskraft versteinern. Der Tod hätte mit seiner großen Sense bewaffnet durch die Straßen spazieren können, ohne dass jemand versucht hätte, dem Unabwendbaren zu entrinnen: Niemand hätte die Kraft dazu gehabt.

Dieuswalwe Azémar sagte sich, dass der Schnaps noch nie so glühend bitter gewesen war wie die Sonne, das gefiel ihm nicht. Dennoch trank er seine üblichen Gläser *tranpe* und spülte jeden Schluck langsam im Mund umher. An diesem Morgen vertrieb der Alkohol beim Einschießen in sein Blut weder seine Angst noch seine Verzweiflung noch seinen Ekel vor diesem Land. Umsonst erhöhte er unter dem schockierten und etwas verächtlichen Blick von Madame Baptiste seine Dosis. Er schwankte ein wenig, als er auf das Gebäude zuging. Die Hitze verwandelte den *tranpe*, den er zu sich genommen hatte, in regelrechten Sprengstoff. Die Migräne kam mit Macht und trommelte gegen seine Schläfen. Er glaubte, er müsse gleich sterben. Die Adern in seinem Gehirn drohten zu platzen. Er würde mitten auf der Straße vor der Polizeiwache ein trauriges Ende finden. Man würde Mireya erzählen, dass ihr Trunkenbold von Vater zur Schande der Polizei auf diese ruhmlose Weise dahingeschieden sei. Eine Hand fasste ihn unter dem Arm. Durch einen schwarzen Schleier hindurch erkannte er Kommissar Solon.

»Kann ich Ihnen helfen, Inspektor?«

»Geht schon, geht schon«, brummte er und schob die Hand seines Vorgesetzten weg. »Es ist die Müdigkeit.«

»Kommen Sie in mein Büro, Inspektor. Kommissar Dorilus erwartet uns. Sie wollen sicher wissen, wie Ihre Sache steht.«

Der Inspektor stieg die Treppe hoch, die zu dem langen, finsteren und feuchten Flur führte. Durch ihn gelangte er in eine Art Wartezimmer, in dem hinter einer museumsreifen Schreibmaschine eine Polizistin saß, ein Ungetüm unbestimmten Alters mit einer dicken Hornbrille. Sie stand beflissen auf, um den Kommissar zu grüßen. Ohne den Inspektor zu beachten, öffnete sie eilfertig die Tür. Der Kommissar bedeutete Dieuswalwe Azémar einzutreten. Auf einem der Stühle, die im Halbkreis um einen mit Akten überladenen Schreibtisch standen, saß Kommissar Dorilus. Er drückte in aller Ruhe seine Zigarette in einem Aschenbecher aus, der bereits voller Kippen war. Er erhob sich nicht.

»Setzen Sie sich, Inspektor«, befahl Kommissar Solon.

Inspektor Azémar gehorchte. Er war müde. Er wollte nicht mehr nachdenken. Die Nacht war hart gewesen. Er musste vor allen Dingen sofort eine neue Schule für seine Tochter finden. Marthe hatte ihm versprochen, sich bis dahin um sie zu kümmern.

»Sie sitzen ganz schön in der Tinte, Inspektor Azémar«, begann Kommissar Dorilus. »Ich weiß nicht, wie Sie das erklären wollen: Mit ein und derselben Waffe wurden die Leute bei den Stinkenden Quellen, eine amerikanische Staatsbürgerin und ein Polizeibeamter getötet. Außerdem wurde damit eine weitere ehrenwerte amerikanische Staatsbürgerin verletzt, die in Haiti im Bereich des Schulwesens tätig ist. Ganz abgesehen vom Bruder des Hauptopfers, den man mit zerplatztem Schädel in einer Schlucht nicht weit von Ihrem Haus gefunden hat. Ich würde meine Hand dafür ins Feuer legen, dass die Kugel aus derselben Waffe stammte.«

»Derselben Waffe, das ist leicht gesagt«, spottete der Inspektor.

»Sie haben außerdem eine amerikanische Staatsbürgerin kaltblütig gefoltert. Leider will sie keine Anzeige erstatten. Sie sollten jetzt eigentlich in Haft sitzen«, sagte Kommissar Dorilus. »Das nächste Mal kriegen wir Sie, Azémar, das verspreche ich Ihnen.«

Kommissar Solon wirkte verlegen.

»Warum bin ich dann nicht im Gefängnis?«, fragte Inspektor Azémar, dem klar wurde, dass er nicht ganz mitkam.

»Ihr Vorgesetzter wird es Ihnen erklären, Inspektor«, sagte Kommissar Dorilus. »Sie haben ein verdammtes Glück. Aber so oder so, Sie haben sich mit Leuten angelegt, die stärker sind als Sie. Aus der Sache kommen Sie nicht wieder raus.«

Der Inspektor sah Kommissar Solon an. Der wandte den Blick ab und trommelte mit den Fingern auf seinen Schreibtisch.

»Kommissar Solon! Können Sie mir sagen, warum Kommissar Dorilus mich nicht festnimmt, wenn er wirklich so erdrückende Beweise gegen mich hat, wie er behauptet?«

Kommissar Solon hörte auf zu trommeln. Er hustete, als hätte er etwas im Hals.

»Inspektor Azémar! Sie haben unschätzbare Arbeit geleistet, indem Sie die Behörden auf diesen schändlichen Handel aufmerksam gemacht haben. Sie werden mir zustimmen, dass es sich um einen gefährlichen Fall handelt, in den sicher mächtige Personen verwickelt sind. Falls er an die Öffentlichkeit gelangt, könnte er sich auch schädlich auf absolut glaubwürdige Einrichtungen auswirken, die in unserem Land tätig sind.«

»Nein!«, schrie der Inspektor. »Sagen Sie nicht, dass Sie diese Leute davonkommen lassen wollen! Nicht Sie, Herr Kommissar. Wird man je erfahren, wie viele Kinder verschwunden sind, damit ein paar zu volle Bäuche, ein Haufen seniler Greise, die sich für Erwählte Gottes hielten, sich ein paar zusätzliche Lebensjahre kaufen konnten?«

»Sie oder diese Leute«, sagte Kommissar Solon, der es sichtlich eilig hatte, die Sache zu Ende zu bringen. »Sie vergessen diesen Fall, und die Kriminalpolizei vernichtet sämtliche Beweise gegen Sie.«

»Das können Sie nicht machen, Kommissar Solon«, flehte der Inspektor fast schluchzend. »Tun Sie das nicht!«

»Sie haben Mireya«, antwortete Kommissar Solon trocken. »In wessen Obhut wollen Sie sie geben, wenn Sie Ihre Freiheit verlieren? Denken Sie an Ihre Tochter. Diese Sekte wird zerschlagen, Sie haben mein Wort. Ich hatte heute Morgen jemand von der amerikanischen Botschaft am Telefon. Das FBI hatte die Leute bereits wegen zahlreicher Delikte im Visier.«

»Nein!«, brüllte Inspektor Azémar wie ein Verrückter. »Nein!«

Kommissar Solon stand abrupt auf und schlug heftig mit der Faust auf den Tisch.

»In solchen Schweinezeiten, Inspektor, hält man seinen Schirm gut fest, damit einem die Scheiße nicht auf den Kopf regnet. Wir haben Ihnen gesagt, dass hochgestellte Leute in den Fall verwickelt sind. Sie können nichts ausrichten, das wissen Sie. Sie haben schon viel für die getan, denen Sie dieses grauenhafte Ende erspart haben. Das reicht!«

»Es gibt zu viele Punkte, die nicht für Sie sprechen«, mischte sich Kommissar Dorilus ein, »also lassen wir dieses absurde Spiel, Inspektor. Erleichtern Sie sich Ihre Aufgabe. Ich versichere Ihnen, mir wäre es lieber gewesen, wenn Sie für den Rest Ihres Lebens ins Gefängnis gewandert wären.«

Der Inspektor wich langsam zurück und sah die beiden dabei an, als wären sie leibhaftige Gestalten aus seinen schlimmsten Albträumen. Er tastete nach der Türklinke, während er sich mit der anderen Hand zitternd den Schweiß von der Stirn wischte.

»Einen schönen Tag, Inspektor Azémar«, rief Kommissar Solon, der gerade wieder Platz nahm, ihm nach. »Küssen Sie Mireya von mir.«

Inspektor Azémar ging wortlos hinaus. Erneut streifte ihn der verächtliche Blick der diensthabenden Beamtin. Er kehrte nicht in sein Büro zurück. Er musste etwas trinken, um aus dem Gleis dieser stinkenden, feindseligen, zerstörerischen Wirklichkeit herauszukommen. Um ins Nirgendwo abzugleiten. Um sich zu entfernen. Um einfach nur vor dem Tier zu fliehen.

Die Triebwerke eines Flugzeugs zogen zwei Linien aus dichtem, weißlichem Dunst über den wolkenlosen Himmel. Die Höhenwinde verwandelten sie in einen perfekten Kreisbogen, auf den die Kathedrale mit ihrer höchsten Turmspitze zu zielen schien. Mireya stand auf einer Bank und sah dem Flugzeug nach, bis es hinter den Bergen im Süden der Stadt verschwand, jenen Bergen, die unter dem Ansturm der zu Tausenden an ihnen schmarotzenden Betonbauten sicher einmal zusammenbrechen würden. Sie fragte sich, lange nachdem die Maschine aus ihrem Blickfeld verschwunden war, ob sie in das ferne Land flog, das Sister Marie-Josée so oft gepriesen hatte und von dem sie auch beeindruckende Bilder in der Bibliothek gesehen hatte. Anfangs, als noch nicht diese seltsamen Leute ins Pensionat kamen, hätte sie dieses Land gern kennengelernt, doch dann hatte sie nach und nach Angst bekommen, ohne recht zu wissen, warum. Es war, als ob sich hinter den schönen Bildern, die sie sah, widerwärtige, grausame Bestien verbargen, bereit, sich an ihrem Körper gütlich zu tun.

»Bringst du mich mal weg von hier, Papi?«

Azémar, in Gedanken vertieft, zuckte bei der Frage zusammen. Er war in den letzten Tagen gealtert. Seine Glatze hatte sich beunruhigend schnell vergrößert. Neue Falten hatten sich in seine Stirn und seine Wangen gegraben. Er konnte das Zittern seiner Hände nur mühsam unter Kontrolle halten, zumal er durch die ständige Anwesenheit seiner Tochter nicht mehr solche Mengen *tranpe* trinken konnte wie früher. Sie wiederholte die Frage:

»Bringst du mich mal weg von hier, Papi?«

Er sah sie an, dann zog er sie an sich, berauschte sich an ihrem Duft; ihr samtweiches Haar an seinem Gesicht tränkte sich mit den Tränen, die er nicht zurückhalten konnte. Sie wollte sich aus seiner Umklammerung befreien, er drückte sie noch stärker an sich.

»Warum weinst du, Papi Dieuswalwe? Warum bist du so traurig? Warum willst du nicht mit mir reden?«

Mit Mireya im Arm zog er seinen Smith & Wesson. Er dachte an die Frau, die er in La Brésilienne geliebt hatte, und glaubte zu sehen, wie das Schicksal, das er nicht abwenden konnte, in vollem Lauf auf ihn zukam. Die Tentakel dieses ekelerregenden Landes sollten sich nicht um Mireyas Körper legen, sein Wahnwitz sollte nicht Besitz von seiner Tochter ergreifen. Wie konnte er das Unvermeidliche verhindern? Er war nur ein armer Bulle, der allein in seinem Rattenloch irgendwo im Viertel Bah-Peu-de-Chose enden würde, weil er anders beschaffen war, unfähig, seine Menschlichkeit abzulegen, unfähig, die bunten Lumpen des Tieres anzuziehen.

»Mireya ...«, fragte er, »hast du mich lieb?«

Er wollte sie nicht ansehen. Er hielt sein Gesicht fest an ihre Schulter gepresst. Der kleine unkrautüberwucherte Platz am Meeresufer war menschenleer. Hier und dort war der Müll, den die Stadtverwaltung nicht wegschaffen konnte, zu Haufen aufgetürmt. Die Luft war gesättigt vom Geruch nach Salzwasser, Algen und allem möglichen Unrat. In der Ferne begleitete das Geräusch eines aus der Bucht ausfahrenden Frachters das Totengeläut einer Kirche.

»Ich hab dich lieb, Papi Dieuswalwe«, antwortete Mireya und küsste ihn auf den Hals.

Er schloss die Augen. Er setzte die Mündung der Waffe an Mireyas Schläfe.

»Ich tue es für dich«, schluchzte Inspektor Azémar. »Wir gehen beide weit weg. Niemand wird uns je wieder trennen können.«

Er spürte, wie der Körper seiner Tochter sich versteifte.

»Ich habe gestern Abend im Traum eine Frau gesehen. Sie sagte, sie hieße Mireya. Sie sah aus wie ich als Erwachsene, Papi Dieuswalwe.«

»Was hat sie gesagt?«, fragte der Inspektor und ließ den Abzug wieder los.

»Sie hat zu mir gesagt: ›Hab Vertrauen zu Papi Dieuswalwe. Dank ihm wirst du einmal die Frau werden, die ich nicht sein konnte.‹ Und sie hat noch etwas gesagt.«

»Was?«, flüsterte er. Die Waffe lag auf einmal schwer und brennend in seiner Hand.

»Sie hat mir gesagt, dass sie dich liebt und immer lieben wird. Sie hat gesagt, du sollst für sie leben. Dann ist sie auf ein Wolkenpferd gesprungen. Sie hatte einen großen Stern auf dem Kopf wie eine Krone.«

Die Hand des Inspektors fiel schwer herab. Er machte seine Tochter sanft von sich los. Mireya wischte mit dem Finger zärtlich eine Träne von der Wange ihres Vaters.

»Gehen wir nach Hause«, sagte Azémar.

Er steckte die Waffe wieder an den Gürtel, stand auf und nahm Mireyas Hand. Die Sonne streifte die Bucht und entzündete am Horizont ein Feuer von unerträglicher Schönheit. Die Stadt lag wie gewöhnlich in ihrer schmutzig-dumpfen Betäubung, gleichgültig gegen alles. Mireya zeigte Azémar den Himmel. Die Kondensstreifen des Flugzeugs erinnerten nun an einen Stern. Einen Stern, der einem im Nebel der Schweinezeiten den Weg weisen konnte.

ANMERKUNGEN

S. 7. *Tranpe*: Zuckerrohrschnaps, aromatisiert mit Früchten, Kräutern, Wurzeln oder Rinden.

S. 9. *Gourde*: Haitianische Währung. 100 Gourde entsprechen etwa 1,70 Euro.

S. 13. *Chef*: Bezeichnung für eine Respektsperson, insbesondere für Militärs und Polizisten der höheren Ränge.

S. 13. *Assorosi*: eine Art *tranpe*.

S. 13. *Marron*: flüchtiger oder aufständischer Sklave.

S. 14. *Madichon*: Fluch.

S. 15. *Bòkò*: Magier. Im Gegensatz zum *houqan* und der *mambo*, dem Voodoopriester bzw. der Voodoopriesterin, praktiziert er auch schwarze Magie.

S. 15. *Stinkende Quellen*: nach Schwefelwasserstoff riechende Thermalquellen nördlich von Port-au-Prince.

S. 15. Zum Fall des wahnsinnigen Schriftstellers siehe Gary Victors Roman *Banal oubli*.

S. 21. *Compas*: populäre, dem Calypso ähnliche Tanzmusik.

S. 22. Für die Vorgänge in La Brésilienne siehe Gary Victors Roman *Les cloches de La Brésilienne*.

S. 27. *Macoutes* oder *tontons macoutes*: volkstümlicher Name der *Milice des Volontaires de la Sécurité Nationale*, einer paramilitärischen Truppe zur Zeit der Duvalier-Diktatur. Der Name leitet sich von dem haitianischen Butzemann ab, der unartige Kinder in seinen Sack steckt (*tonton* bedeutet »Onkelchen«, eine *macoute* ist eine Art Umhängetasche).

S. 46. *Sosyete* (vgl. franz. *société*): Geheimbund.

S. 49. *Tap-tap*: Lieferwagen, der als Sammeltaxi dient.

S. 49. *Guter Engel*: Entspricht im Voodoo etwa der Seele.

S. 61. *Vaksin*: Blasinstrument aus einem Bambusrohr.

S. 65. *Bwa kochon:* eine Sorte *tranpe*.

S. 67. *Loa:* Bezeichnung für die Geister des Voodoo.

S. 77. *Dieusoitloué/Dieuswalwe*: Azémar entscheidet sich für die kreolische Schreibung und bekennt sich damit zur haitianischen Kultur. Der Name bedeutet »Gott sei gelobt«.

S. 85. *Kleren*: Zuckerrohrschnaps. Nur einmal destilliert, daher weniger stark und billiger als Rum.

S. 86. *Hougan*: Voodoopriester.

S. 93. *Engagiert*: Bedeutet, dass jemand einen Pakt mit bösen Geistern geschlossen hat. Der Sicherheitsmann führt den Besuch der Kreatur darauf zurück, dass Marthe sich mit okkulten Mächten eingelassen hat.

S. 93. *Marasa*: Der Name bedeutet »Zwilling«.

LYONEL TROUILLOT bei litradukt

Lyonel Trouillot wurde 1965 in Port-au-Prince geboren, wo er noch heute lebt. Er schreibt Lyrik und Prosa in französischer und kreolischer Sprache. Seine Romane wurden mit zahlreichen Preisen ausgezeichnet. Als Mitglied und Sprecher des Collectif *Non*, einer Initiative von haitianischen Intellektuellen, gehörte er zu den wichtigsten Opponenten gegen das Regime von Jean-Bertrand Aristide. Lyonel Trouillot lehrt französische und kreolische Literatur an der Universität Port-au-Prince.

Jahrestag

Port-au-Prince, Anfang 2004, Jahr der zweihundertjährigen Unabhängigkeit Haitis. Der Student Lucien Saint-Hilaire begibt sich aus dem Slum, in dem er wohnt, zu einer Demonstration. Die Stimmen der Personen, denen er begegnet, und die, mit denen er im Geist Zwiesprache hält – sein Bruder, der zum Gangster geworden ist, seine Mutter, die als Bäuerin in der Provinz lebt, die »Ausländerin«, die er liebt, ohne sie wirklich zu kennen, der Ladenbesitzer, der den alten Zeiten nachtrauert –, treten in Dialog mit seinen Gedanken und ergänzen sie zu einer Typologie der haitianischen Gesellschaft. Vor dem Leser, der Lucien bis zur letzten Polizeiattacke begleitet, entsteht das Bild eines zutiefst zerrissenen Landes, aber auch der erneuernden Kräfte und ihres Einsatzes für Gerechtigkeit und Demokratie.

96 S., Softcover, 11,90 €
ISBN: 978-3-940435-12-5

»›Die Dinge haben keinen Grund. Man muss nur hinsehen‹, legt Trouillot seinem Helden in den Mund, der bis kurz vor seinem Tod davon träumt, einen Roman zu schreiben, ›dessen Held das Schweigen‹ ist, ›ein Buch des Blicks, das sich den Lärm erspart‹. Genau dieses Buch hat Lyonel Trouillot geschrieben und dem Schweigen eine Stimme gegeben.«

Cornelius Wüllenkemper, *Süddeutsche Zeitung*

EMMELIE PROPHÈTE bei litradukt

Emmelie Prophète, geboren 1971, studierte Jura und Literaturwissenschaften in ihrer Geburtsstadt Port-au-Prince. Sie leitete acht Jahre lang eine Jazzsendung bei Radio-Haïti, war im Lehramt sowie als haitianischer Kulturattaché in Genf tätig und schrieb für verschiedene Zeitschriften.

Als Schriftstellerin machte sie zunächst durch die Lyrikbände *Des marges à remplir* (2000) und *Sur parure d'ombre* (2004) auf sich aufmerksam.

Das Testament der Einsamen ist ihr erster Roman.

Das Testament der Einsamen

Drei Generationen von Frauen leiden still und allein. Zeugnisse von Menschen, für die Hoffnung und Glück Fremdworte sind. Ein poetischer Text über die Einsamkeit und das Exil, Niederschlag des Lebensgefühls eines Landes, »das seit jeher in der karibischen See und im Elend versinkt.«

Ausgezeichnet mit dem *grand prix littéraire Caraïbe* der ADEL (Association des Écrivains de Langue Française) 2009.

115 S., Softcover, 9,90 €

ISBN: 978-3-940435-09-5

»Ein Buch, dem man viele Leser wünscht«

Cornelia Zetzsche, *Bayerischer Rundfunk*

KETTLY MARS bei litradukt

Wilde Zeiten

Haiti zu Beginn der Sechzigerjahre. Um ihrem inhaftierten Mann zu helfen, lässt die schöne Mulattin Nirvah sich auf eine Affäre mit dem Staatssekretär Raoul Vincent ein. Nach und nach ergreift der Emporkömmling Besitz von ihr und ihren Kindern und wird zur Metapher für die Herrschaft der Duvalier-Diktatur über ein gelähmtes Land. Eine intimistische Schilderung von Situationen, in denen Gewissheiten und die Begriffe von Gut und Böse zerfallen, und zugleich ein spannender Politthriller.

214 S., Softcover, 13,80 €
ISBN: 978-3-940435-10-1

»Wilde Zeiten *von Kettly Mars ist nicht nur literarisch ein großer Wurf – das Buch ist ein Meilenstein auf Haitis holprigem Weg zur Aufarbeitung seiner Vergangenheit.*«

Hans Christoph Buch, *Die Zeit*

Fado

Anaïse, eine Frau aus der haitianischen Bourgeoisie, erfindet sich nach der Trennung von ihrem Mann eine neue Identität und wird zu Frida, einer Prostituierten in einem schäbigen Bordell. Dank Frida ergreift sie wieder Besitz von ihrem Körper und glaubt aufs Neue an die Liebe. Im Rhythmus des Fado verschwimmen die Grenzen von Vernunft und Wahn, Leben und Tod. Ein Hauch von *Belle du jour* in Port-au-Prince.

85 S., kartoniert, 11,90 €
ISBN: 978-3-940435-07-1

»*Ein Roman wie ein Fiebertraum.*«

Jutta Sommerbauer, *Die Presse*, Wien